KB026167

DREAMBOOKS★

DREAMBOOKS

수라
왕

16

이대성 신무협 장편소설

dream
books
드림북스

수라왕 16

초판 1쇄 인쇄 / 2015년 10월 20일
초판 1쇄 발행 / 2015년 10월 30일

지은이 / 이대성

발행인 / 오영배
책임편집 / 편집부
펴낸 곳 / (주)삼양출판사 · 드림북스

주소 / 서울시 강북구 도봉로 173
대표 전화 / 02-980-2112 팩스 / 02-983-0660
편집부 전화 / 02-980-2116 팩스 / 02-983-8201
블로그 / blog.naver.com/dreambookss

등록번호 / 제9-00046호
등록일자 / 1999년 3월 11일

ⓒ 이대성, 2015

값 9,000원

(주)삼양출판사 · 드림북스의 서면 허락 없이는 어떠한
형태나 수단으로도 이 책의 내용을 이용하지 못합니다.

ISBN 979-11-313-0268-2(04810) / 978-89-542-5433-5 (세트)

* 지은이와 협의하에 인지는 생략합니다.
* 잘못된 책은 구입한 곳에서 바꾸어 드립니다.

이 도서의 국립중앙도서관 출판시도서목록(CIP)은 서지정보유통지원시스템홈페이지(http://seoji.nl.go.kr)와
국가자료공동목록시스템(http://www.nl.go.kr/kolisnet)에서 이용하실 수 있습니다. (CIP제어번호: 2015027496)

수라왕 16

이대성 신무협 장편소설

dream
books
드림북스

차례

第一章
최강의 호위무사

공손아리는 꿈속에 나타난 낯선 사내아이를 물끄러미 바라보았다.

그 사내아이는 입가에 인자한 미소를 그리고 있다가 곧 무언가를 깨달았는지 곤란한 얼굴을 해 보였다.

"아, 그러고 보니 이쪽 모습은 몰라보려나?"

"아뇨. 알아볼 수 있어요, 아빠."

공손천기.

그는 달라진 모습에도 불구하고 바로 자신을 알아보는 딸을 기특하다는 얼굴로 잠시 바라보았다. 그러다 웃으며 말했다.

"우리 딸, 요즘 고생이 많지?"

공손천기의 걱정 가득한 물음에 공손아리는 고개를 저었다.

그리고 공손천기의 곁으로 천천히 다가가 그와 눈높이를 맞추며 입을 열었다.

"보고 싶었어요, 아빠. 너무너무."

"……."

공손천기는 잠시 아무 말도 하지 못했다.

그저 안타까운 얼굴로 그의 딸을 응시했을 따름이다.

그러다 공손천기는 자신의 작은 손을 뻗어 딸의 머리를 쓰다듬어 주었다.

"그나저나 잠깐 안 본 사이에 많이 이뻐졌다, 우리 딸. 이제 시집보내도 되겠어."

"……."

"초류향, 그 녀석이 엄청 답답하게 굴지? 이쁜 우리 딸이 그놈 좀 이해해 줘라. 매일 공부에 수련만 하던 녀석이라 연애 같은 건 전혀 모르거든."

공손천기가 딸의 머릿결을 정리하며 달래듯이 말하자 공손아리는 힘들게 웃어 보였다.

초류향의 이름은 언제 들어도 마음이 울렁거려서 그에 관한 이야기는 가급적 하고 싶지 않았다.

'……교주님 바보, 멍청이.'

누가 봐도 초류향은 그녀를 좋아하는 게 분명했다.

둔한 공손아리조차도 그 사실을 알았다.

너무도 뻔히 보였으니까.

한데 그는 그런 자신의 마음을 표현하는 법이 없었다.

'나쁜 사람.'

오히려 초류향은 어떻게든 자기를 밀어내려고만 했다.

대체 왜 그러는 걸까?

그 깊은 속마음까지는 알 수 없었지만 당시에 공손아리는 적어도 한 가지만큼은 확신할 수 있었다.

초류향은 힘들어하고 있었다.

'……그런 모습은 보고 싶지 않아.'

초류향답지 않았다. 늘 보여 주던 이성적이고 자신만만한 모습이 아닌, 자신만 보면 갈팡질팡하고 약해지는 초류향의 모습은 공손아리의 마음을 너무 아프게 했다.

그래서 떠나 준 거였다.

천마신교를 떠나던 그날을 생각하자 공손아리는 머리가 너무 복잡했다. 그때 공손천기가 입을 열었다.

"조금만 기다리면 모든 게 다 잘 될 거야. 그러니 힘들어도 기다려. 그놈이 반드시 널 찾아낼 테니까."

애써 웃어 보인 공손아리는 자신의 머릿결을 정리하던 공손천기의 손을 잡으며 화제를 전환했다.

"근데 거기는 좀 어때요, 아빠?"

"여기? 여기야 뭐, 그럭저럭 지낼 만하지. 잔소리쟁이 영감들이 많아서 좀 피곤하긴 하지만 그거야 아래쪽도 마찬가지였으니 다를 바가 없고. 근데 일이 너무 많아, 귀찮게."

공손아리는 작게 투덜거리는 공손천기를 물끄러미 바라보다가 불쑥 입을 열었다.

"거기서 엄마는 만나 봤어요?"

"네 엄마?"

"네."

공손천기는 딸의 갑작스러운 질문에 씨익 웃으며 대꾸했다.

"물론 만나 봤지."

"어땠어요?"

"어땠을 거 같으냐?"

"여전히 예뻐요?"

공손천기는 거만한 얼굴로 엄지손가락을 세워 보이며 말했다.

"최고지. 역시 세상에 그 여자밖에 없다."

"와……."

공손아리가 감탄을 터트리자 공손천기는 흐뭇한 얼굴로 딸의 머리를 쓰다듬으며 말했다.

"이렇게 오는 것도 이번이 처음이자 마지막일 거야, 딸. 이제 아빠가 찾아오는 일은 없을 거야."

"왜, 왜요……?"

공손아리가 떨리는 음성으로 묻자 공손천기가 입을 열었다.

"똑똑한 우리 딸도 알잖아? 원래 이러면 안 된다는 거. 아빠가 오늘 이렇게 찾아올 수 있었던 것도 뒷방 영감쟁이들이랑 합의를 봐서 가능한 거거든."

"합의요? 무슨 합의요?"

"응. 사실은 지금 우리 딸 꽤 위험한 상황이거든."

"제가 위험하다고요, 아빠?"

"응. 꽤나 위험하지."

하나 공손천기는 히죽 웃으며 뒷머리를 긁적였다.

"그래서 규칙에 위배되지 않는 선에서 도와주려고 온 거야. 마지막으로."

공손천기는 손가락을 튕겼다.

그러자 뿅하는 소리와 함께 공손아리의 바로 앞에 새하얀 토끼가 나타났다.

세상모르게 잠을 자고 있는 흰색 토끼.

"막수 님……?"

"그래. 막수라는 건방진 토끼지."

공손아리가 갑자기 등장한 막수에 어리둥절한 얼굴을 해 보일 때, 공손천기는 다짜고짜 막수의 귀를 잡더니 위로 들어 올리며 말했다.

"이봐, 돼지 토끼. 이제 그만 자고 일어나서 밥값을 해라, 게을러빠진 놈아."

[…….]

"대체 언제까지 잘 생각이냐? 슬슬 나랑 한 약속을 지킬 차례다."

부르르—

눈을 감고 깊은 잠에 빠져 있던 막수의 몸이 가늘게 떨리기 시작했다.

떨고 있는 막수를 잠시 바닥에 내려놓으며 공손천기가 말했다.

"너무 먼 곳까지 여행 갔잖느냐? 서쪽 바다는 너무 멀어. 슬슬 돌아와라. 기다리기 지친다."

[…….]

몸이 펄떡펄떡거리긴 해도 막수는 자리에서 일어나지 않았다.

공손천기는 자신의 부름에도 눈을 뜨지 않는 막수를 찡그린 얼굴로 바라보았다.

그러다가 무언가 생각났는지 음흉한 얼굴로 막수의 귓가에 대고 속삭였다.

"아! 그러고 보니 손오공이 네 탐스러운 엉덩이를 다시 보고 싶다고 전해 달라더라. 아주 귀여워서 미치겠다던데?"

[……이, 이 개자식!]

눈을 감고 있던 막수가 번쩍 눈을 뜨며 사납게 몸을 일으켰다.

공손천기는 재빨리 공손아리의 정면을 막아서며 기운을 모았다.

[빌어먹을 원숭이 새끼! 쳐 죽여 버린다!]

쿠콰콰콰쾅—!

엄청난 힘이 사방으로 퍼져 나가며 공손천기가 만들어 놓았던 꿈의 공간을 완전히 부숴 버렸다.

유리 조각처럼 박살 난 공간에서 공손천기가 엷은 미소를 띤 얼굴로 공손아리를 돌아보며 말했다.

"건강해라, 우리 딸."

그게 공손아리가 들은 공손천기의 마지막 음성이었다.

                    *   *   *

　　공손아리가 눈을 떴을 때.

　　제일 먼저 본 것은 복슬복슬한 두 주먹을 움켜쥐고 부들부들 떨고
있는 막수의 모습이었다.

　　막수는 사방을 휘휘 둘러보더니 분노에 찬 음성으로 입을 열었다.

　　[크으으…… 그 새끼 어디 갔어?]

　　"네? 누구요?"

　　[손오공 그 원숭이 새끼!]

　　막수는 분노한 음성을 토해 내다가 갑자기 얼굴을 찡그렸다.

　　[뭐야, 이건?]

　　쿠콰콰쾅—!

　　바깥에서 엄청난 폭음이 울려 퍼졌다.

　　공손아리는 마차가 흔들릴 정도로 엄청난 폭발에 깜짝 놀라며 바깥
을 내다보았다.

　　그러자 마차의 창밖으로 피투성이가 된 선우초린이 눈에 들어왔다.

　　"무공이라는 것이 정말 대단하긴 합니다. 이건 마치 마녀들이 쓴다
는 마법 같지 않습니까?"

　　안토니오가 두려움 가득한 얼굴로 입을 열자 옆에서 지켜보던 그레
고리가 무거운 신음을 흘리며 말했다.

　　"양을 조절했다고는 하나 설마 인간이 맨몸으로 대포를 받아 낼 줄
이야……."

"그러게 제가 말하지 않았습니까? 그레고리 경. 저 노란 원숭이 놈들에게는 처음부터 마음껏 대포를 사용해도 될 거라고요. 경의 잘못된 판단으로 너무 많은 희생을 치러야 했습니다."

"으음……."

그레고리는 마뜩잖은 얼굴로 안토니오를 바라보았다.

맨 처음에 그는 이번 일을 대단히 쉽게 생각했다.

고작해야 여자 몇 명을 사로잡는 일이다.

어려울 게 무어가 있겠는가?

한데 채찍을 든 여자 하나가 마차에서 내리면서부터 일이 더럽게 꼬여 버렸다.

'저 여자 혼자서 우리 쪽의 훈련된 성기사를 무려 서른 명이나 죽였다.'

눈으로 보고도 믿을 수 없는 일이 벌어진 것이다.

급하게 화승총을 꺼내어 저 여자의 다리를 맞추지 않았더라면 그녀의 움직임을 따라잡을 수도 없을 뻔했다.

"그런데 정말 이런 짓을 해도 되겠는가? 가급적 인질이 다치지 않게 해 달라는 이 나라 황족의 부탁이 있지 않았나?"

"어차피 공손아리라는 여자만 인질로 사로잡고 교주를 유인해서 처단하면 저희들의 임무는 끝나는 겁니다. 군이 그자의 부탁을 들어줄 필요가 없습니다. 저희는 임무가 끝나자마자 이 나라를 뜰 테니까요."

"으음……."

그레고리와 안토니오가 그렇게 자기 나라 말로 상황에 대해 수군덕

거리고 있을때.

한편에서 선우초린은 이를 부득부득 갈며 천천히 바닥에 무릎을 꿇었다.

'빌어먹을······.'

입에서 한 움큼이나 되는 피가 흘러나왔다.

왼쪽 다리도 호신강기를 뚫고 총알이 박히는 바람에 제대로 움직일 수가 없었다.

말 그대로 최악의 상태인 것이다.

사실 맨 처음 놈들이 대포를 쏘려고 했을 때 선우초린은 충분히 피할 수 있었다.

'하지만 피해선 안 되었지.'

그녀 정도의 절정 고수라면 다리를 다쳤다고는 하지만 놈들이 작당하는 동안 여유롭게 대포를 피할 수 있었다.

그럼에도 그렇게 하지 않은 이유는 간단했다.

그녀가 몸을 피한다면 뒤에 있는 마차에 대포알이 명중하기 때문이었다.

'어찌 되었건 소군주님은 무사하시니까······ 그걸로 됐어.'

지금 선우초린이 아쉬운 것은 단 하나.

마차 위에 은신해 있는 린과 령만으로는 공손아리의 안전을 완벽하게 보장할 수 없다는 점이었다.

그때.

[푸흐흐, 거참 꼴 한번 보기 좋구나. 내 언젠가 네가 그 꼴이 될 줄

알았지. 아주 속이 다 후련하다.]

"……!"

선우초린은 자신의 발목 부근에서 들린 음성에 깜짝 놀란 얼굴을 해 보였다.

작은 토끼.

막수가 뒷발로 서서 오만하게 주변을 둘러보고 있었던 것이다.

막수는 하얗게 질린 얼굴로 자신을 보는 선우초린을 바라보며 피식 웃어 보였다.

[왜? 이 몸의 등장이 그렇게 기쁘더냐, 계집아?]

선우초린은 미미하게 고개를 끄덕였다.

그리고 슬며시 웃어 보였다.

이제는 안심할 수 있었다.

최강의 호위 무사가 긴 잠에서 깨어났으니까.

'너희들은 이제 뒈졌다.'

선우초린은 미친년처럼 실실 웃더니 그 상태 그대로 기절해 버렸다.

그런 그녀를 가볍게 받아 내며 막수는 입을 열었다.

[서쪽 바다 너머에서 온 노랭이들은 잘 들어라. 지금 당장 물러가면 이 어르신이 넓은 아량을 베풀어 여태까지 있던 사고는 없던 일로 해 줄 테니 당장 꺼져라.]

"허, 허억!"

"토, 토끼가 말을 한다!"

그레고리와 안토니오를 비롯한 바다 너머에서 데려온 병력들.

그들 전부가 일시적으로 경악하며 입을 쩍 벌렸다.

[귀찮은 놈들. 빨리 꺼져.]

막수가 성가시다는 얼굴로 재차 말하자 다시 한 번 교황청 사람들 사이에서 비명이 터져 나왔다.

"사, 사탄의 종자다! 악마가 나타났다!"

사태를 지켜보던 안토니오가 기겁한 얼굴로 말하자 주변에 있던 모두의 얼굴에 언뜻 두려움이 떠올랐다.

그들에게 사탄이나 악마라는 단어는 그만큼 무서운 단어이기 때문이다.

하나 동시에 그들이 반드시 처단해야 할 숙적이기도 했다.

스르룽—!

"놈의 간교한 말에 겁먹지 마라. 우리에게는 신의 가호가 함께한다."

그레고리가 검을 빼내어 들며 비장하게 말하자 그를 바라보던 교황청 소속 기사들의 얼굴 한가득 경건함과 사명감이 떠올랐다.

그들은 모두 교황청 소속의 성기사들.

악마를 퇴치하기 위해 이곳까지 왔던 것이다.

"신의 이름으로……."

그레고리가 작게 중얼거리자 그의 주변에 있던 성기사들이 일제히 무기를 빼내 들었다.

스르르르룽—!

그 모습을 보던 그레고리가 막수를 칼로 가리키며 엄숙하게 소리쳤다.

"사탄을 처단하라!"

"우와와와!"

교황청의 기사들.

무공이란 것을 전혀 익히지도 못한 그들이 무거운 갑주를 입고 막수를 향해 빠르게 달려들었다.

막수는 자신을 향해 달려드는 교황청의 기사들을 보며 피식 웃었다.

[주제도 모르는 것들이, 어딜 감히…….]

이놈의 인간들은 정말 날파리와도 같은 놈들이었다.

무공을 아는 인간들도 우스울 지경인데 모르는 놈들이니 오죽하겠는가?

[새롭게 얻은 힘을 이렇게 빨리 써먹게 될 줄이야…….]

과거에도 강했지만 지금의 막수는 정말 상상을 초월할 정도로 강해져 있었다.

그랬기에 막수는 배를 빵빵하게 만들 정도로 숨을 한 번 크게 들이켜고는 히죽 웃었다.

第二章
흑월야황 냉무기

"불만이 있는 얼굴이구나."

"……."

굳은 얼굴로 생각에 잠겨 있던 구휘는 고개를 돌려 그의 아버지를 바라보았다.

"이해가 되지 않습니다."

"그럴 거다."

사천에서의 갑작스러운 철수.

그것은 구휘의 의지가 아니었다.

"설명해 주시겠습니까?"

구휘의 아버지이자 남만야수문의 문주.

야수왕 구마벽.

그가 결정을 내린 것이다.

그리고 명령이 내려진 이상 구휘는 거기에 따를 수밖에 없었다.

"직접 보러 가겠느냐? 지금이라면 늦지 않았을 거다."

구휘는 고개를 끄덕였다.

보고 싶었다.

구마벽이 굳이 사천에서 남만야수문을 철수시킨 이유.

그것이 무엇인지 알고 싶었다.

그리고 그들이 도착하여 본 것은 초류향과 적혈명의 격돌이었다.

*   *   *

콰아아앙—!

폭음이 터지며 적혈명과 초류향의 몸뚱이가 뒤로 튕겨 나갔다.

초류향은 뒤로 튕겨 나감과 동시에 균형을 잡으려 애썼다.

다행히 조금 휘청거리긴 했지만 겨우 몸을 추스를 수 있었다.

'큭.'

온몸의 피가 역류하며 눈앞이 아득해졌다.

초류향은 쓰러지지 않으려 애쓰며 다리에 힘을 주었다.

한데 내력이 조금도 움직이지 않았다.

'내력이 말라붙었다?'

당연한 결과였다.

내력 대결 도중에 뇌력환을 사용했으니 전신의 내력이 일시적으로

다 타들어 간 것이다.

하나 초류향은 억지로 움직였다.

'어찌 되었건 지금이 절호의 기회다.'

내력 대결 중간에 무공이 발현될 것이라고는 누구도 생각하지 못했을 것이다.

그리고 그것이 두 명 모두에게 엄청난 내상을 입히리라고는 초류향 본인초차도 예상하지 못했다.

'기회다.'

본능이 강하게 외쳤다.

지금 이 순간을 놓치면 다시는 이런 기회가 찾아오지 않을 것이라고.

초류향은 앞으로 내달렸다.

몸을 움직일 때마다 내장에 칼날이 박혀 들어가는 듯한 화끈한 통증이 느껴졌다.

동시에 입에서는 비릿한 쇠붙이 맛이 잔뜩 났다.

꿀꺽—

초류향은 입에서 흘러나오는 피를 억지로 삼켜 넘기면서도 앞으로 달려드는 것을 멈추지 않았다.

휘청거리면서도, 비틀거리면서도 앞으로 뛰어나간 것이다.

그리고 적혈명 역시 움직이고 있었다.

파악—

적혈명은 팔에 박혀 있던 검을 뽑아 그것을 그대로 초류향에게 찔러 왔다.

그 모습을 보며 초류향은 자신도 모르게 웃어 버렸다.

'지독한 놈.'

초류향은 속으로 쓰게 웃었다.

이럴 줄 알았으면 처음부터 뇌력환을 사용해서 박살 내 버릴 것을……

괜히 주변의 눈을 신경 쓰느라 가진 것도 제대로 펼치지 못하고 죽을 뻔하지 않았는가.

'그래도…….'

둘 모두 내력은 이미 바짝 말라붙었다.

끌어모을 수 있는 내력이 없으니 육체적인 힘만으로 승부를 봐야 하는 시점인 것이다.

낙관적이라고는 할 수 없지만 나름대로 나쁘지 않은 상황이라고 보았다.

그때.

쾅—!

엄청난 폭음과 함께 초류향은 자신의 몸이 뒤쪽으로 급격하게 튕겨져 나가는 것을 느꼈다.

초류향은 돌바닥에 나뒹굴다 벌떡 일어섰다.

그러나 그 직후 땅을 짚고 검게 죽은피를 토해 냈다.

초류향의 눈가에 분노의 기색이 일렁였다.

'누구냐…….'

누군가가 목숨을 건 신성한 비무에 개입한 것이다.

초류향이 고개를 들어 살펴보니 거기에는 신선 같은 용모의 노인이 서 있었다.

"여기까지만 하시게나, 교주."

"……."

초류향은 분노한 표정을 거두지 않은 채로 노인을 쏘아보았다.

'북해빙궁주 담천후.'

불쾌하고 화가 났다.

상대의 직책이 어떠하든 상관없었다.

정당하게 이루어지는 일대일의 비무에 끼어든 것은 분명히 저쪽의 잘못인 것이다.

'아니다. 이건 내 잘못이다.'

비무건 뭐건 타인이 간섭하려는 것을 눈치채지 못했다면 죽었어도 할 말이 없다.

'나는 분명 담천후가 이렇게 가까이까지 오는 것을 눈치채지 못했다.'

비무에 집중하고 있었다는 것도 핑계였다.

거기까지 생각이 미친 초류향의 얼굴이 일그러질 때.

적혈명이 비틀거리며 자리에서 일어나 노인을 향해 거칠게 항의했다.

"어째서 개입하셨습니까! 제자가 그리 못 미더우셨습니까?"

담천후는 아무 말 없이 적혈명을 응시했다.

그리고 낮게 말했다.

"지금 네가 할 말이 그것뿐이더냐?"

적혈명은 입을 다물었다.

사부가 어째서 이 비무에 개입했을까?

그것에 대한 분노가 조금 사그라들자 자신이 사부에게 무엇을 잘못했는지 떠올랐기 때문이다.

결국 적혈명이 더는 반항하지 못하고 고개를 숙이며 말했다.

"적혈명이…… 사부를 뵙습니다."

담천후는 서늘한 얼굴로 그의 대제자를 바라보았다.

적혈명은 평소의 그답지 않게 잔뜩 움찔한 얼굴로 고개를 숙였다.

"……사천에서 물러서라는 내 말을 듣지 못했더냐."

"……."

적혈명은 아랫입술을 깨물었다.

그의 사부는 진즉부터 사천에서 물러서라고 말을 해 왔다.

한데도 적혈명은 물러서지 않았다.

초류향 정도는 해볼 만하다고 여겼기 때문이다.

북해빙궁주는 그런 적혈명의 생각을 읽었기에 한숨을 내쉬며 입을 열었다.

"나오시오."

누구에게 말하는 걸까?

적혈명이 고개를 갸웃거릴 때.

초류향의 바로 옆에 누군가가 나타났다.

냉막하고 무덤덤한 표정의 노인.

"흑월야황 냉무기?"

적혈명은 어이없다는 얼굴을 해 보였다.

그가 왜 아직도 이곳에 있다는 말인가?

중원에서는 흑월회가 정도맹과 치열하게 싸우고 있는데 그가 이런 곳에 있어도 되는 건가?

"오랜만이군."

"그렇소. 오랜만이오."

적혈명은 눈을 동그랗게 떴다.

오랜만이다?

이건 또 무슨 소리인가?

북해빙궁주 담천후와 흑월야황 냉무기.

둘은 과거에도 만난 적이 있었단 말인가?

"사부께서는 그와 만난 적이 있으셨습니까?"

담천후는 얼굴을 찌푸린 채로 고개를 끄덕였다.

왜 이런 중요한 사실을 말해 주지 않았을까?

그런 의문이 떠오른 순간 대답이 바로 나왔다.

적혈명의 시선이 차갑게 가라앉았다.

'사부께서 야황과의 승부에서 손해를 보셨다?'

믿고 싶지 않았지만 아마도 사실일 것이다.

둘 사이에 흐르는 미묘한 기류.

'그래서 싸움을 피하고 싶으셨던 거군.'

세상에는 알려진 적 없지만 흑월야황 냉무기는 과거 담천후를 비롯하여 남만야수문의 구마벽과도 만난 적이 있었다.

그리고 그 둘과 손속을 나누고 둘 모두에게 빚을 남겨 두었다.

'목숨 빚.'

이 세상에서 가장 무서운 빚이다.

담천후의 얼굴을 바라보며 냉무기가 희미하게 웃었다.

"그대는 나와 싸우기 위해 온 건가?"

담천후는 냉무기의 물음에 딱딱한 표정으로 고개를 저었다.

"이 싸움을 피하고자 왔소."

"그럼 그렇게 하게."

냉무기가 무덤덤하게 말하자 담천후는 고개를 끄덕인 뒤 적혈명에게 말했다.

"돌아가자."

"……."

당황스러웠다.

그리고 묻고 싶은 게 산더미처럼 많았다.

하지만 일단 궁금증을 꾸욱 눌렀다.

지금 당장은 사부의 말에 따라 물러서야 했다.

적혈명은 어금니를 갈며 병력들을 추슬렀다.

'오늘의 이 치욕, 잊지 않는다.'

중간에 싸움을 방해받았지만 그것보다 더 충격인 것은 그의 스승이 과거에 흑월야황 냉무기에게 패했다는 사실이었다.

충격에 빠져 있는 적혈명을 바라보던 흑월야황 냉무기가 고개를 돌려 초류향에게 말했다.

"죽을 뻔했군."

"……예."

죽다 살아났다.

아마 그것이 더 정확한 표현일 것이다.

아직도 목 뒤쪽이 서늘했다.

자신이 내력 대결에서 이토록 쉽게 패할 줄은 미처 예상하지 못했으니까.

'그 상황에서 뇌력환이 발동되지 않았다면 죽었다.'

생각할수록 섬뜩했다.

초류향이 멋쩍은 얼굴을 해 보일 때, 냉무기가 입을 열었다.

"다음에도 이번처럼 운이 좋을 거라고는 생각하지 않는 게 좋겠지."

냉무기는 말을 하면서 저 먼 곳 어딘가를 응시했다.

초류향도 내부를 다스리며 그 시선을 따라갔다가 눈을 동그랗게 떴다.

그곳에 남만야수문의 문주 야수왕 구마벽과, 그의 큰아들인 구휘가 서 있었기 때문이다.

초류향은 구마벽의 태도가 조금 전 북해빙궁주의 태도와 크게 다르지 않음을 깨닫고 감탄했다.

'정말 대단한 사람이다.'

적혈명이 깨달은 것을 초류향도 이제 깨닫게 된 것이다.

흑월야황 냉무기가 이미 오래전에 새외(塞外)의 지배자인 야수왕과 북해빙궁주를 꺾었다는 사실을.

그러고 보니 근래에 새외 세력들이 움직인 것은 모두 냉무기가 은 거했다는 이야기가 퍼지고 나서부터였다.

"그럼 최대한 빨리 중원에 나가 보도록 하지."

자신이 할 말만 마치고 꼿꼿하게 걸어서 사라지는 냉무기의 뒷모습.

그것을 보며 초류향은 고개를 끄덕였다.

당분간 북해빙궁과 야수문이 움직이지 않을 것이란 확신을 얻게 된 것이다.

'그렇다면 이제 남은 곳은 정도맹이다.'

이제 마지막 승부를 내야 할 때였다.

* * *

막수는 배가 빵빵해질 정도로 숨을 크게 들이컨 다음 교황청 사람 들을 향해 내뱉었다.

콰아아아—!

"으, 으아아악!"

"커허어억!"

흙먼지와 함께 돌개바람이 일어나 교황청의 사람들을 저 멀리로 날 려 버렸다.

막수는 그 모습을 바라보면서 피식 웃었다.

[크크크, 너희들 지금 이 어르신의 하품조차도 감당 못 하면서 나와 놀아 보자는 거냐? 좋은 말로 할 때 꺼져라.]

그레고리는 최대한 침착하기 위해 애썼다.

여기서 그가 흔들리면 모두가 흔들리기 때문이다.

'화승총을 써 볼까?'

잠깐 고민하던 그레고리는 곧 고개를 저었다.

무공이라는 것을 익혔던 그 여자도 총알을 맞았지만 치명상을 입지는 않았다.

그 여자보다 더 괴물 같은 저 토끼에게 화승총이 먹힐 것이라는 보장이 없었다.

'그렇다면……'

역시 남은 것은 대포뿐이다.

한데 저 괴물이 과연 대포를 쏠 시간을 줄 것이냐가 문제였다.

'시간을 벌어야 한다.'

저 괴물을 처리하고 마차 안의 인물을 인질로 잡아서 교주를 죽여야 했다.

그때 막수가 손으로 받치고 있던 선우초린을 마차 안으로 아무렇지 않게 휙 던진 후 입을 열었다.

[고작 너희 따위를 처리하는 데 내가 직접 움직이기는 좀 그렇고…….]

막수는 무언가를 잠깐 고민하더니 곧 자신의 앞발을 들어 배 부분을 가볍게 긁적여 털을 몇 가닥 정도 뽑아냈다.

[받아라. 이건 아마 제법 재미있을 거다.]

막수가 앞발에 들고 있던 그 털을 훅하고 가볍게 불자 갑자기 그 털들이 우락부락한 토끼로 변했다.

"어헉!"

"저, 저건!"

손에 절굿공이를 들고 있는 수십 마리의 근육질 토끼들.

그 토끼들의 얼굴에 떠올라 있는 장난기 어린 미소를 본 교황청 기사들이 공포에 질릴 때.

그레고리가 비명처럼 소리쳤다.

"대, 대포를 장전해라."

[크하하하! 다 쓸어버려!]

[끼, 끼익!]

막수의 명령에 근육질 토끼들이 일제히 절굿공이를 붕붕 휘두르며 교황청의 기사들에게 달려들기 시작했다.

그레고리는 정신없이 대포 쪽으로 달려가 급하게 대포 심지에 불을 붙였다.

'주여…… 저에게 힘을…….'

그레고리는 안토니오가 근육 토끼에게 뒷덜미를 붙잡혀 끌려가는 것을 지켜보며 재빨리 목표물을 조준했다.

목표물은 당연하게도 마차 쪽에 서서 느긋하게 이쪽을 구경하고 있는 이 모든 사건의 원흉.

막수였다.

"죽어라, 이 악마!"

[응?]

콰콰쾅—!

엄청난 폭음과 함께 땅거죽이 일어나며 흙먼지가 크게 피어올랐다.

막수가 있던 곳에 파인 엄청난 크기의 구덩이를 본 그레고리는 눈을 번뜩였다.

언뜻 봤을 때 효과가 있는 것 같지 않은가?

그가 크게 격양된 목소리로 소리쳤다.

"모두 대포 장전!"

그때까지 멀쩡하게 살아 있던 교황청의 인원 모두가 일제히 대포를 장전했다.

그리고 그 사이.

구덩이 안에서 작은 무언가가 꿈틀거리며 기어 나왔다.

[……하찮은 인간 따위가 감히…….]

막수는 흙먼지를 툭툭 털어 내며 얼굴을 찡그렸다.

그러고는 자신을 향해 있는 열 개의 대포를 바라보며 가소롭다는 듯 피식 웃었다.

[그딴 게 이 어르신에게 소용이 있겠느냐?]

막수는 멀쩡했다.

그저 흙먼지만 뒤집어썼을 뿐이다.

그레고리가 겁에 질린 얼굴로 소리쳤다.

"목표물을 향해 발사!"

기사들이 저마다 대포의 심지에 불을 붙였고 그 모습을 지켜보던 막수는 눈썹을 꿈틀거렸다.

38 수라왕

[내 자비심은 이제 끝났다.]

막수의 두 귀가 쫑긋거리더니 그곳에서 절굿공이가 튀어나왔다.

그리고 수십 개의 포문에서 동시에 불이 뿜어져 나왔다.

*　　　*　　　*

백무량은 심각한 얼굴로 문서를 바라보았다.

그가 보고 있는 것은 바로 북해빙궁과 남만야수문이 사천 지역에서 물러나고 있다는 첩보였다.

"흑월회의 군사는 우리가 생각했던 것보다 더 뛰어나군."

씁쓸했다.

천마신교와 새외의 세력들이 부딪쳐서 서로가 피해를 입었어야 했는데 이건 예측과는 너무도 다른 결과가 아닌가?

"군사는 어떻게 할 생각인가? 이러다가 흑월회를 완전히 정리하지 못한 상황에서 천마신교를 맞이하게 생겼는데?"

곤란했다. 아직 정도맹이 생각하고 있는 그림이 그려지지 않은 상태였기 때문이다.

"분명히 천마신교가 도착하기 전에 흑월회 쪽을 완전히 소탕할 계획이었습니다만…… 그렇게 되지 못한 게 아쉽습니다."

뜻밖의 사태에도 상관중달은 침착했다.

흑월회를 완전히 정리하지 못했다고는 해도 그것은 딱히 걱정거리가 되지 못했다.

"현재 흑월회가 두려운 이유는 단 하나. 흑월야황 냉무기 때문입니다."

"그렇겠지."

흑월야황 냉무기.

그가 은거했다고 알려져 있는 동안에도 천하는 그의 존재를 의식하고 있었다. 한데 그가 아예 바깥으로 나오자 상황은 정도맹에게 더더욱 안 좋게 흘러갔다.

흑월회 아래로 수없이 많은 문파들이 몰려들고 있었던 탓이다.

"본 맹이 흑월회를 친 이유는 단 하나입니다. 더 이상 흑월회의 덩치가 커지기 전에 경고를 하기 위함이죠. 그 점에서는 이미 소기의 목적을 달성했습니다."

정도맹의 경고는 정확하게 먹혀들었다.

냉무기의 이름을 보며 몰려들었던 문파들이 조금 신중하게 떨어져서 사태를 관망하기 시작한 것이다.

"지금 문제는 두 가지입니다."

상관중달은 지도를 펴 사천성의 인근을 가리키며 입을 열었다.

"이곳에서 빠른 속도로 접근하고 있는 천마신교의 정예들이 첫 번째 문제입니다."

"그놈들이야 뭐…… 애초부터 힘으로 찍어 누르는 수밖에 없지. 이번에 교주는 살아 돌아가지 못할 거야."

백무량은 이번에야말로 정말 초류향을 죽여 버리고 최대한 빠르게 천마신교의 잔당을 정리할 생각이었다.

"그러기 위해서는 두 번째 문제가 먼저 해결되어야 합니다."

두 번째 문제.

그것을 상관중달이 말하기도 전에 백무량이 먼저 입을 열었다.

"야황을 말하는 거겠지?"

"예. 그를 제거하는 게 먼저입니다. 가능하면 천마신교가 도착하기 전에요."

상관중달은 하나의 서찰을 꺼내어 백무량 앞으로 내밀며 입을 열었다.

"본래 계획대로, 이번에 그의 유일한 핏줄인 흑월회주 냉파천을 본맹에서 은밀하게 확보했습니다. 문제는 냉무기가 그를 과연 구하러 올지 확신이 서지 않는다는 점입니다."

정도맹이 흑월회를 동시다발적으로 습격한 진정한 목적은 따로 있었다.

그들의 세력을 약하게 만들기 위한 산발적인 공격.

이건 단순히 겉으로 내세우기 위한 구실이었다.

숨겨진 의도는 바로 흑월회주의 납치였던 것이다.

그리고 그 계획은 성공했다.

"확실히 야황 냉무기가 자신의 핏줄을 구하러 올지는 알 수가 없군. 워낙에 속이 시커멓고 음흉한 놈이니까. 한데 놈이 만약에 그곳으로 찾아온다면……."

백무량은 흐릿하게 웃었다.

"나에게 맡겨 두게. 놈은 그곳에서 죽을 것일세."

야황 냉무기가 어느 정도의 고수인지는 잘 모른다.

하지만 백무량은 확신했다.

공손천기가 없는 이상 천하에 그의 적수는 없다고.

"제가 드린 서찰에는 현재 흑월회주 냉파천이 감금당해 있는 장소가 쓰여 있습니다. 그리고 이것과 똑같은 정보가 조만간 냉하영을 통해서 냉무기의 귀에 들어가게 될 겁니다."

백무량은 서찰을 꺼내어 읽은 후, 그것을 불태우며 말했다.

"정말 기대되는군. 피도 눈물도 없다고 알려진 야황 냉무기가 과연 친아들을 위해 직접 움직일 것인지…… 확실히 알고 싶어지는 부분이긴 해."

명성에 비하면 냉무기에 관한 정보는 거의 세상에 알려진 게 없었다.

그의 엄청난 무공 실력조차도 소문만 무성할 뿐 구체적인 이야기는 없었다.

"이건 그냥 단순히 내 예감에 불과하지만…… 그놈은 자신의 아들을 구하려는 목적도 있겠지만, 아마 나를 만나기 위해서라도 일부러 함정에 빠지러 올 것이네."

"……."

이게 무슨 소리일까?

상관중달이 이해가 되지 않는다는 얼굴을 해 보이자 백무량은 어색하게 웃으며 말했다.

"물론 늙은이의 단순한 희망 사항일 수도 있겠지만, 그놈도 아마 나만큼 궁금할 거야. 나 역시 궁금해서 미칠 지경이거든."

삼황.

태극검황, 흑월야황, 암흑마황.

그들의 시대는 분명 저물어 가고 있었지만 아직까지 천하에 미치는 영향력은 막대했다.

태극검황 백무량.

그는 그들의 시대가 끝나기 진에 마지막으로 승부를 내 보고 싶었던 것이다.

"나와 암흑마황의 승부는 이미 천하에 다 알려졌지. 그 싸움에서는 내가 놈에게 패배했지만 그 결과에 대한 불만은 전혀 없네. 공손천기 그놈은 정말 괴물같이 강했으니까."

놈의 실력에 대해서는 분명히 인정했다.

분하고 화가 나지 않는다고 하면 거짓말이겠지만 결과만큼은 받아들이게 된 것이다.

"하지만 사실 자네도 궁금하지 않나? 나와 냉무기. 둘 중에서 누가 더 위에 있을지."

상관중달은 대답하지 못했다.

그 역시 궁금했기 때문이다.

누가 더 셀까?

단순하지만 그만큼 아주 원초적이고 직선적인 호기심이었다.

"나도 사실 죽기 전에는 결과를 보고 싶었거든. 그리고 이번에 내가 판을 벌여 줬으니 분명 냉무기는 그것을 핑계 삼아 나를 찾아올 거라 생각하네."

둘은 지금까지 굳이 서로가 서로에게 전력으로 달려들 만한 명분이 없었다.

그런데 사정이야 어찌 되었건 이번에는 명분이 생겼으니 정면으로 붙게 될 것이다.

"아무튼 놈이 찾아올 그날이 무척 기대가 되는구만."

태극검황 백무량의 얼굴에 서서히 열기가 떠올랐다.

$$* \qquad * \qquad *$$

냉하영은 자신의 손에 들린 문서를 구겨서 바닥에 던져 버렸다.

그리고 이마에 손을 짚고는 아랫입술을 깨물었다.

"……방심했어."

정도맹이 진정으로 노렸던 것.

그것은 흑월회의 세력 감소가 아니었다.

"할아버지를 노리고 있었을 줄이야……."

흑월회주 냉파천.

그의 신병을 확보한 정도맹은 냉하영에게 천마신교와의 동맹을 끊으라고 압박하고 있었다.

하나 냉하영은 확신했다.

이건 어디까지나 겉으로 내세우기 위한 명분일 뿐, 사실은 냉무기에게 냉파천을 구하러 오라는 압박을 가하고 있다는 것을.

"이건 함정이에요, 할아버지. 알고 계시지요?"

냉하영의 뒤에 가만히 앉아 있던 냉무기는 담담하게 고개를 끄덕였다.

"알고 있다."

냉무기의 무덤덤한 얼굴을 바라보던 냉하영은 결국 고개를 떨구며 입을 열었다.

"……아빠에게는 정말 미안하지만 할아버지는 지금 그곳에 가시면 안 돼요."

"그것도 알고 있다."

천마신교와 냉하영.

그들이 지금 함께 움직이고 있는 이유는 간단했다.

힘을 한곳에 집중해서 단번에 정도맹을 쓸어버리기 위함이다.

지금 그 힘이 분산되었다가는 양쪽 모두가 위험에 빠질 수 있었다.

"내가 멍청했어요. 상관중달이 이런 계획을 짜고 있을 거라고는 정말 예상도 하지 못했어요. 제 탓이에요."

"제 몸 하나 지키지 못하는 변변찮은 놈 편을 들어 줄 필요는 없다."

"하지만……."

분명히 신경을 썼다면 사전에 막을 수 있었던 일이다.

자신이 흑월회의 정예 병력을 일부러 외부에 빼놓지만 않았더라도 흑월회주 냉파천이 이렇게 무기력하게 납치당하지는 않았을 터.

"제 실수로 벌어진 일이니 제가 해결해 볼게요. 그러니 할아버지는 이번 일에 절대 나서지 마세요."

냉무기는 자신의 손녀를 물끄러미 바라보았다.

그러다 자리에서 일어나며 말했다.

"나는 본래부터 무심한 사람이라 가족들의 일에는 무엇 하나 제대로 한 것이 없다. 어떻게 해야 하는지도 몰랐고, 그런 것에 관심도 없었지. 생각해 보면 너희에게 참으로 무정했다."

"……."

냉하영은 얼굴을 찡그렸다.

냉무기가 무슨 말을 하려는지 짐작이 갔던 것이다.

"하지만 이런 일이라면 이야기가 다르다. 이건 내가 잘하는 일이고, 네가 기대도 될 만한 일이다."

냉무기는 냉하영의 머리를 가볍게 쓰다듬으며 말했다.

"네 아비의 일은 걱정하지 마라. 이것은 네 일이기도 하지만 내 일이기도 하다. 나는 녀석을 그냥 내버려 둘 수가 없다."

"하, 할아버지……."

최근에 냉무기는 변했다.

초류향과의 비무에서 무언가를 보았음일까?

그때부터 냉무기는 조금씩 달라졌다.

물론 무심하고 무덤덤한 말투와 표정은 평소와 같았지만, 주변에 풍기는 분위기에 예전과는 달리 묘한 따뜻함이 있었다.

"애초에 그쪽에서 이런 함정을 짠 것도 네가 아니라 나를 노렸기 때문이다. 그러니 내가 나서는 게 맞다."

냉무기는 특유의 무표정으로 창밖을 바라보며 입을 열었다.

"게다가 놈들은 아직 나를 모른다. 나에 대해 알지도 못하는 이상 어떤 함정을 펼쳐 놓았든 나에게는 아무런 의미가 없다."

흑월야황 냉무기.

그는 삼황이었다.

그 앞에서는 어떤 함정이나 암습도 무의미한 것이다.

그를 죽이는 방법은 단 하나.

정면에서 정정당당하게 싸워 힘으로 찍어 누르는 수밖에는 없다.

"엽아."

"예, 스승님."

냉하영의 뒤쪽.

그곳에 서 있는 시엽을 바라보며 냉무기가 말했다.

"내 손녀를 네게 맡겨도 되겠느냐?"

시엽.

그는 그의 스승이자 천하에서 가장 위대한 무인에게 공손한 태도를 취하며 입을 열었다.

"제자가 목숨을 걸고 지키겠습니다."

냉무기는 옅게 웃었다.

그것은 정말 미묘한 웃음이었지만 평소의 그를 잘 알고 있는 시엽과 냉하영은 그것이 얼마나 엄청난 변화인지 알았기에, 놀랄 수밖에 없었다.

"그렇다고 목숨을 걸지는 말아라. 네가 죽으면 저 아이가 슬퍼할 게 아니냐?"

핵심을 불쑥 찌르는 냉무기의 말에 냉하영이 붉어진 얼굴로 입을
열었다.

"하, 할아버지…… 쓸데없는 말까지 안 하셔도 돼요."

"그래. 알아서 잘할 거라 믿겠다."

시엽과 냉하영 사이에 잠시 어색한 기운이 흐를 때 냉무기가 입을
열었다.

"내가 없어도 교주가 있으니 계획의 진행에는 무리가 없을 것이
다."

"예, 그렇긴 하지만……."

만약 할아버지가 돌아오지 않는다면?

그때는 정말 어떻게 해야 하는가?

거기까지 생각하던 냉하영의 얼굴이 급격하게 흐려졌다.

그녀답지 않게 진한 슬픔이 떠올랐던 것이다.

"그리고 정말 최악의 경우 내가 돌아오지 못한다고 하더라도 나를
기다리지 마라."

"할아버지……."

냉하영을 바라보는 냉무기의 무표정한 얼굴 위에 미묘한 감정 변화
가 있었다.

그것은 분명한 '걱정'이었다.

하나 그것도 금세 사라졌다.

냉무기는 평소처럼 무덤덤한 얼굴로 입을 열었다.

"이제 천하에서 나를 죽일 수 있는 것은 백무량 정도일 거다. 늘 궁

금했다. 그놈이 과연 어디까지 도달했는지, 내가 과연 놈을 제압할 수 있을지가 항상 의문이었지.”

냉무기는 과거 그놈의 모습을 먼발치에서 본 적이 있었다.

공손천기를 만나기 전의 일이었지만.

‘당시에 그놈과 나의 거리는 열 발자국.’

그 거리 안으로 들어가면 백무량도 냉무기의 존재를 눈치챌 수 있었다.

그만큼 승부를 쉽사리 장담할 수가 없는 상대였던 것이다.

‘그래서 기대가 된다.’

돌이켜 보면 평생 동안 무공에만 집중해 온 삶이었다.

무공 외에는 즐거움을 알지 못했던 냉무기였다.

그는 스스로의 주름 가득한 손을 내려다보며 입을 열었다.

“나는 이제 그 오랜 의문과 정면으로 마주하러 간다. 그러니 너희는 슬퍼하거나 걱정할 것이 전혀 없다.”

냉무기를 바라보던 냉하영의 눈은 어느새 붉게 충혈되어 있었다.

울음을 억지로 참는 것이다.

‘울면 안 돼.’

냉무기는 이미 마음을 굳혔다.

거기에는 분명 냉무기 나름의 깊은 각오와 생각이 있을 것이다.

그녀는 자신의 할아버지를 믿었다.

그랬기에 그녀가 지금 할 수 있는 최고의 응원을 하기로 마음먹었다.

“분명히 다시 돌아오실 거라 믿고 있을게요. 하지만 혹여나 돌아오지 못하시더라도…… 원망하지 않겠습니다. 할아버지는 안심하고 가셔도 돼요."

냉무기는 고개를 끄덕였다.

그리고 몸을 돌리며 천천히 말했다.

"가 보겠다. 건강하거라."

그 말을 끝으로 냉무기의 신형이 봄 햇살에 눈 녹듯이 사라져 갔다.

냉하영은 냉무기가 사라진 뒤로도 한동안 우두커니 제자리에 서 있었다. 그러다 겨우겨우 마음을 추스르고 입을 열었다.

"지금 당장 교주를 만나러 가겠어요. 계획을 서둘러야 해요."

"예."

"할아버지와 백무량이 싸운다면, 설혹 백무량이 그 승부에서 이기더라도 무사하지는 못할 겁니다. 저희는 백무량이 제대로 움직이기 전에 정도맹을 와해시켜야 합니다."

시엽은 고개를 끄덕였다.

그리고 진심으로 냉하영이라는 여자에 대해 감탄했다.

지금처럼 감정적으로 크게 동요한 시점에도 그녀는 냉정했고, 가장 옳고 현명한 판단을 내렸던 것이다.

'초류향. 이제 너는 반드시 천하를 제패해야 해.'

냉하영은 아랫입술을 깨물고 바깥으로 향했다.

초류향을 만나러 가는 것이다.

第三章

가능성

초류향에게 냉무기는 매우 묘한 위치에 있는 인물이었다.

분명 스승은 아니었지만 많은 가르침을 받았고, 그와 함께 지내는 동안 여러 가지 좋은 영향도 받았던 것이다.

그랬기에 갑작스레 냉하영이 찾아와서 하는 이야기를 듣자 기분이 몹시 이상해졌다.

"다시 한 번 말해 줄 수 있겠어?"

냉하영은 초류향의 말투에서 진심으로 걱정하는 기색을 읽었기에 조심스럽게 호흡을 골랐다.

"할아버지가 정도맹으로 떠나셨어. 그쪽에서 우리 아버지를 납치했거든. 이건 정도맹의 움직임을 사전에 파악하지 못한 내 불찰로 벌어진 일이야."

초류향은 잠시 침묵을 지켰다.

이건 누가 봐도 너무 뻔한 함정이었다.

냉무기라는 절대 고수를 노리고 백무량이 짜 놓은 함정.

그곳에 가면 어떤 위험이 도사리고 있을지 몰랐다.

'백무량……'

그자는 분명 강했다.

냉무기와 우열을 가릴 수 없는 절대 고수인 것이다.

정면으로 붙으면 둘의 싸움에서 어떤 결과가 나올지 알 수 없다.

하지만 이것은 백무량이 짜 놓은 방식으로 싸우는 거다.

당연히 어느 정도 냉무기에게 불리할 수 있었다.

"야황 어르신이 정도맹을 향해 단독으로 움직인 것은…… 현재로썬 대단히 좋지 않은 판단이다."

"그래. 좋지 않은 판단이고, 좋지 않은 움직임이지만…… 나는 할아버지를 막을 수 없었어."

초류향은 고개를 끄덕였다.

걱정이 되는 건 사실이지만 냉무기가 왜 움직였는지는 충분히 이해가 갔기 때문이다.

냉하영이 막지 못한 이유도 대강은 짐작이 갔다.

그렇다면 결론은 하나다.

"확실히 일을 서둘러야겠다."

"그래. 지금도 그다지 여유는 없었지만 이제부터는 정말 속도전이야. 난 최악의 경우를 생각하고 있으니까."

초류향은 냉하영이 내뱉은 최악의 경우라는 단어에 멈칫했다.

그리고 그 가능성을 곰곰이 생각하다가 고개를 저었다.

"오히려 반대일지도 모르지."

"무슨 소리야?"

"야황 어르신께서 놈을 죽일 수도 있다는 말이다."

냉하영은 눈을 반짝였다.

그러고 보니 맞는 말이었다.

어째서 냉무기가 질 것이라고만 생각하고 있었던 걸까?

그가 백무량을 죽이고 돌아올 수도 있지 않은가?

'할아버지라면 가능해.'

게다가 초류향은 백무량과 냉무기, 두 사람을 다 경험해 보았다.

지금 상황에서는 그가 내리는 결론이 가장 사실에 가까울 것이다.

"네가 보기엔 어떤데? 솔직하게 말해 줘."

초류향은 냉하영의 진지한 질문에 잠시 입을 다물었다.

그리고 신중한 얼굴로 고민했다.

태극검황 백무량.

그는 자신과 싸울 때는 분명 전력을 다하지 않았다.

그 점을 고려해 보았을 때.

이 승부의 결과를 정확히 예측하기는 정말 어려웠다.

'하지만⋯⋯.'

반대로 냉무기에 대해서는 어느 정도 정확한 견적이 나왔다.

냉무기는 현재의 초류향이 감히 어쩌지 못하는 경지였다.

그 둘을 머릿속에 집어넣고 상황을 그려 보자 언뜻 결과가 보였다.

'야황에 대해 전혀 모르고 있다는 사실이 백무량에게는 상당히 큰 부담이 될 것이다.'

냉무기는 백무량에 대해 어느 정도 알고 있었다.

초류향을 통해 그를 어느 정도 짐작할 수 있었던 것이다.

"내가 보았을 때는 야황 어르신이 백무량을 이길 가능성이 더 높다."

"그래? 정말이지?"

냉하영이 반색하며 물었다.

그러자 초류향은 고개를 끄덕였다.

"특별한 변수가 없다면 그리될 확률이 높다."

"변수……."

냉하영은 얼굴을 찡그렸다.

정도맹에는 상관중달이 있다.

그의 빠른 두뇌 회전과 거기에서 나오는 계략은 충분히 경계할 만한 대상이다.

'그의 계략이 과연 할아버지에게도 통할까?'

이 부분은 천하의 냉하영조차도 확신할 수가 없었다.

그녀의 마음을 읽기라도 한 듯 초류향이 입을 열었다.

"삼황급의 고수에게는 그 어떤 암습이나 함정도 통하지 않는다. 그러니 어르신을 믿어라."

냉하영은 초류향의 위안에 자신도 모르게 피식 웃어 버렸다.

"누가 누굴 위로하는 거야? 걱정하지 마. 할아버지는 다른 누구보다도 내가 제일 잘 알아. 그만큼 확신하고 있어."

"그렇다면 다행이군. 어르신은 분명 무사히 돌아오실 거다."

현재 백무량과 냉무기의 무력에 대해서 누구보다도 정확하게 알고 있는 사람이 하는 말이다.

이것은 냉하영에게 솔직한 위로가 되었다.

불안한 마음을 가라앉히며 냉하영이 입을 열었다.

"그래도 일을 서둘러야 한다는 데에는 변함이 없어. 백무량이 할아버지 손에 죽으면 그건 그것대로 서둘러서 정도맹을 무너뜨려야 하고, 만약 아니더라도 놈이 부상을 입었을 때 정도맹을 박살 내야 해."

초류향은 동의했다.

그리고 야황 냉무기의 결단이 옳기를 빌었다.

잠깐 무언가를 생각하던 초류향이 냉하영을 바라보며 입을 열었다.

"그럼 이동 경로를 바꾸도록 하지."

"어디로?"

초류향은 지도를 보며 손가락으로 어떤 하나의 길을 가리켰다.

그러자 냉하영은 말없이 눈만 깜빡이며 그곳을 바라보다 입을 열었다.

"괜찮을까? 이 길로 가게 되면 갑작스레 기습이 들어왔을 때 우리 위치가 대단히 불리해져."

"정도맹 쪽도 그리 생각하겠지. 그래서 우리가 그쪽으로 올 리가 없다고 여길 거다. 그들 역시 우리가 지금까지 이동한 경로를 파악하고 있을 테니까."

냉하영은 고개를 끄덕였다.

그리고 손톱을 깨물며 지도를 뚫어져라 바라보았다.

"그렇지. 적들도 거기까지 바보는 아니니까."

"그러니 우리는 적들이 대응하기도 전, 최대한 빠르게 이 대협곡을 넘는다. 그러면 이동에 걸리는 시간을 절반 이상 단축할 수 있겠지. 충분히 위험 부담을 감수할 만하다."

이건 분명 대단히 매력적인 제안이었다.

초류향이 가리키는 곳.

그곳을 지난다면 시간은 확실히 단축되겠지만, 지형이 험하고 길도 좁아서 미리 복병이 대기하고 있다면 큰 피해를 입을 수 있었다.

잠시 이것저것 고민하던 냉하영은 입술을 깨물며 말했다.

"좋아, 그 길로 가자. 그런데 이렇게 큰 위험을 지고 가는 건 내키지가 않아."

초류향은 입가에 가느다란 미소를 머금었다.

"그러면 약속대로 방법을 강구해 보겠나? 흑월회의 군사."

본래의 약속.

거기에는 흑월회가 직접적으로 병력을 움직이지 않는 대신에 냉하영이 천마신교의 전력을 최대한 보존하여 정도맹과 싸우게 해 주겠다는 조건이 추가되어 있었다.

잠시 무언가를 필사적으로 생각하던 냉하영은 곧 씁쓸하게 웃으며 입을 열었다.

"당연히 안전장치를 마련해야지. 그런데 이건 예측 범위 밖이라서 확실하게 장담할 수는 없어."

"좋아. 그거면 돼."

초류향이 고개를 끄덕이자 냉하영은 하나의 그림을 머릿속에 그렸다.

그리고 그 계획을 실행하기 위해 분주하게 움직이기 시작했다.

*　　　*　　　*

막수는 인간들이 참으로 성가셨다.

귀찮고 번거로웠다.

각성하고 나니, 더 이상 이런 일에 허비하는 시간이 아까웠다.

[빨리 끝내 볼까.]

막수의 귀에서 나온 절굿공이.

처음에는 바늘만 한 크기였던 절굿공이가 순식간에 거대한 기둥처럼 변하더니 대포를 향해 쏟아져 갔다.

그레고리는 눈알이 튀어나올 만큼 놀랐고, 그 사이에 절굿공이가 자기 멋대로 날아다니며 대포들을 신나게 박살 냈다.

콰가가각―!

콰콰쾅―!

그야말로 한순간에 벌어진 일.

"괴, 괴물……!"

안토니오가 두려움이 가득한 음성으로 입을 열며 그레고리를 바라보았다.

그가 무언가 해 주기를 바란 것이다.

하나 그레고리 역시 경악과 공포에 물든 시선으로 막수를 보고 있을 뿐이었다.

애당초 대책 따위가 있을 리 없었다.

그때.

모든 대포를 순식간에 박살 낸 막수가 음흉하게 입꼬리를 말아 올리며 입을 열었다.

[크크, 역시 못된 아이에게는 주먹이 약이지.]

막수는 절굿공이를 다시 귀에 집어넣고 빠르게 이동했다.

그리고 자신의 짧은 팔다리를 휘적거리며 색목인들을 때려눕히기 시작했다.

퍼퍼퍼퍽—!

"컥, 커헉!"

"으아악!"

순식간에 바닥에 널브러지는 색목인들.

그레고리만 제외하고 모든 인원이 바닥에 드러눕는 데에 걸린 시간은 숨 한 번 크게 들이쉬고 내쉬는 정도밖에 되지 않았다.

막수는 자신의 솜뭉치 같은 주먹에 묻어 있는 피를 탁탁 털어 내며 그레고리에게 성큼성큼 다가갔다.

"다, 다가오지 마라!"

그레고리가 검을 앞으로 세운 채 엉덩이를 빼며 말하자 막수는 피식 웃었다.

[푸흐흐, 인간들이란 정말 어리석기 그지없는 생물이구나.]

정말 간혹, 초류향이나 공손천기 같은 괴물이 있을 뿐 인간들은 기본적으로 무능했다.

막수는 천천히 그레고리에게 다가갔다.

그리고 공포에 굳어 있는 놈에게 앞니를 드러내 보이며 말했다.

[이 정도로 끝내 주는 걸 다행이라고 생각해라. 다시 한 번 내 앞에 나타나면 인간 고기를 맛보는 것도 고려해 볼 생각이니까.]

딱딱—

막수는 앞니를 장난스럽게 부딪치며 일부러 소리를 낸 후 갑자기 그레고리에게 발차기를 날렸다.

퍼억—

"컥!"

그렇게 복부에 직격을 맞은 그레고리까지 바닥에 쓰러지고 나자 막수가 입을 열었다.

[성가시다, 정말.]

막수는 그렇게 투덜거리며 천천히 몸을 돌려 마차로 향했다.

마차에 도착하자 린과 령이 평소보다 더욱 공손한 태도로 막수를 맞이했다.

"수고하셨습니다, 막수 님."

"안으로 드시지요."

그들의 극진한 대접을 받으며 마차 안에 들어서니 공손아리가 선우초린을 부둥켜안고 훌쩍거리고 있었다.

"막수 님……."

마차에 들어서자마자 선우초린의 이곳저곳을 살펴보던 막수는 곧 퉁명스러운 어투로 입을 열었다.

[그 지독한 계집애는 고작 이 정도로 안 죽는다, 걱정 마라.]

"정말요?"

[그래. 이 정도로 죽어 준다면 고맙겠지만 그러기엔 목숨 줄이 참으로 질긴 계집이다. 너나 걱정해라.]

막수는 늘어지게 하품하며 천천히 마차의 푹신한 비단 좌석에 올라가 눈을 감았다.

그런 그를 게슴츠레한 눈으로 바라보던 거북이.

무천은 조용히 입을 열었다.

[아우님의 몸 상태가 굉장히 좋아 보이는구먼.]

막수는 무천의 말에 히죽 웃었다.

그리고 감았던 눈을 뜨고 무천을 바라보며 입을 열었다.

[내 모습이 제대로 보이기나 하는지 모르겠네, 우리 형님께서는.]

[보이지. 아우님 꼬리가 다섯 개에서 무려 아홉 개로 늘었는걸.]

[……호오?]

막수는 잠깐 멈칫했다.

그리고 신기하다는 얼굴을 해 보였다.

겉으로 봤을 때 그의 꼬리는 그저 평범한 토끼 꼬리로 보인다.

그것의 정체를 정확하게 꿰뚫어 본 것은 아마 이놈이 처음일 것이다.

[예전부터 궁금했는데 대체 정체가 뭐야? 우리 형님께서는 정말 용왕보다 약한 거 맞아? 용왕도 내 진짜 모습을 못 알아봤는데 아무래도 이상하잖아, 이건.]

막수의 질문에 무천은 의미심장하게 웃으며 입을 열었다.

[현재의 용왕님은 내 생명의 은인이시다. 그러니 나는 그분에게 충성을 다할 뿐.]

막수의 얼굴이 이상해졌다.

그는 입가에 그려져 있던 웃음기를 지우며 무천을 똑바로 바라보았다.

[지금 그 말은 진짜 '본체'를 드러내면 용왕보다 급이 높다 이거야? 그거야말로 재미있는 농담이네. 물에 사는 존재들 중에서 감히 용왕보다 강하다고 말할 수 있는 놈이 어디 있다는 거지?]

뭍의 요괴들 중에서는 야차왕이 최강이고 그의 존재감이 세상을 지배하지만, 바다에서는 조금 사정이 달랐다.

물에서는 용왕의 권능이 세계를 지배했던 것이다.

[아마 지금의 아우님이라면 보일 수도 있겠지. 못 볼 수도 있지만.]

[그게 무슨 개소리야?]

막수가 퉁명스러운 얼굴로 그를 바라볼 때.

무천이 고개를 다시 등껍질 안으로 밀어 넣으며 입을 열었다.

[보고 싶은 것만 보려 하지 말고, 가끔은 보기 싫은 것도 봐야 할 필요가 있다네, 아우님.]

막수는 눈썹을 꿈틀거렸다.

과거에 누군가에게 들었던 말과 비슷했기 때문이다.

[좋아. 한번 진지하게 봐 주지.]

막수는 눈에 힘을 모았다.

눈이 붉게 달아오른 채 한참 무천을 바라보던 막수는 점점 얼굴을 찡그렸다.

자연스럽게 그의 고개가 위로 들어 올려졌기 때문이다.

[너…….]

엄청나게 거대한 존재.

막수가 막 그 이름을 입 밖으로 내뱉으려는데 누군가가 마차로 다가오는 기척이 느껴졌다.

막수가 마차의 문으로 시선을 돌리자마자 누군가가 문을 벌컥 열었다.

"어? 다들 괜찮으십니까?"

주호유와 척계광.

그들이 그제야 도착한 것이다.

*   *   *

사천성에서 호북성으로 넘어가는 중간에 중경이라는 곳이 있다.

그 중경에서도 험난하고 높기로 이름난 옥화산에는 천하에 유명한 대협곡이 하나 있었다.

망자곡(亡者谷).

단순히 이름을 풀이하면 죽은 사람들이 사는 골짜기라는 뜻이다.

망자곡은 지형이 거칠고 험난한 데다가 그 깊이도 엄청나 햇빛조차 들어오지 못하는 협곡이었다.

그 섬뜩한 이름처럼 애초에 길 자체가 사람이 다닐 수 있는 곳이 아닌 것이다.

하지만 중요한 것은 이 망자곡을 넘기만 하면 무당파가 있는 호북성이 지척이라는 사실이었다.

흑월회에는 천마신교처럼 강대한 무력 단체가 많지 않았다.

딱 세 개가 있을 뿐.

그중 하나인 사룡대는 지금 망자곡이 내려다보이는 절벽 끝에 올라가 있었다.

휘오오오—

발밑으로 펼쳐진 끝이 보이지 않는 협곡 사이를 강한 바람이 빠르게 지나가고 있었다.

"너희들도 알고 있겠지만 군사께서는 천마신교가 완전히 통과할 때까지 무슨 일이 있더라도 이곳을 지키라고 하셨다."

사룡대의 주인.

대주 엽호아는 자신의 민머리를 긁적거리며 수하들을 응시했다.

"재수 없으면 이곳에 무당파가 몰려올 수도 있다고 했으니 각별히 신경을 쓰자."

"……그럼 저희는 특별히 재수가 없는 편이니 아무래도 무당파와 마주할 가능성이 높겠군요?"

엽호아의 옆.

그곳에는 불만 가득한 얼굴의 젊은 사내가 서 있었다.

사룡대의 부대주.

등사평이었다.

"뭐 그럴 수도 있겠지만 세상을 너무 부정적으로만 보지 말자, 부대주."

"후우, 우리는 항상 이런 식이에요. 늘 최악의 상황만 찾아오죠. 꿈도 희망도 없네."

등사평은 나뭇가지로 바닥에 그림을 그리며 우울한 얼굴을 해 보였다.

엽호아는 그런 등사평의 등을 두드려 주며 달래듯이 말했다.

"이번 일만 잘되면 그래도 당분간 큰일은 없을 거야."

"제발 그래야죠."

등사평이 푸념 섞인 얼굴로 하늘을 바라볼 때.

저 멀리서 먼지구름이 보이기 시작했다.

"오! 등 부대주! 저길 보게. 벌써 천마신교가 오고 있잖아, 와하하핫!"

엽호아는 환한 얼굴로 등사평을 돌아보았다.

먼지구름을 본 등사평의 그늘진 얼굴에도 조금은 화색이 돌았다.

"어떤가? 나름 괜찮지 않나?"

"……."

등사평은 눈을 가늘게 뜨고 멀리서 접근하고 있는 먼지구름을 바라보았다.

"저 정도 거리면 아무리 빨라도 도착하는 데 대략 반 시진(한 시간)은 걸릴 겁니다."

"그래 봐야 고작 반 시진이지."

"거기서 이곳을 통과하는 데 또 반 시진이 걸리겠죠."

"다 합쳐 봐야 한 시진이잖은가?"

엽호아의 말에 등사평은 재빨리 주변을 둘러보았다.

그는 대주처럼 낙천적인 성격이 아니었다.

한 시진(두 시간).

그 정도라면 천재지변이 일어나도 이상하지 않은 시간이었다.

'정찰을 조금 더 늘려야 해.'

등사평은 불안했다.

이렇게 일이 잘 풀리는 경우는 살면서 거의 접해 본 기억이 없었던 것이다.

그가 그렇게 마음먹으며 뒤를 돌아보는 순간, 반대쪽에서 수하가 부리나케 뛰어오고 있었다.

"대, 대주님!"

다급한 음성.

촉박한 발걸음.

"……망할."

등사평은 수하가 뛰어오는 모습을 보고 얼굴을 일그러뜨리며 자리에서 일어섰다.

그리고 엽호아를 바라보았다.

엽호아 역시 얼굴 가득히 띄웠던 웃음기를 지우고 등사평을 바라보고 있었다.

"제가 말했잖습니까, 대주님······."

"이, 일단 이야기부터 들어 보자, 부대주."

"들어 보나 마나예요, 이건."

등사평이 어두운 얼굴로 이마를 감싸 쥐고 있을 때 엽호아가 마른 입술을 혀로 핥으며 수하에게 물었다.

"무슨 일이냐? 왜 그렇게 소란스럽게 뛰어와? 사실 별일도 아니지? 그치?"

누가 들어도 아니라고 말하라는 압박이었지만 눈치 없는 수하는 엽호아의 말뜻을 알아먹지 못했다.

"무, 무당파입니다. 대주님."

"······우라질!"

등사평이 하늘을 향해 욕지거리를 쏟아 내자 엽호아는 머쓱한 얼굴을 해 보였다.

"괘, 괜찮아. 그래도 그쪽 역시 많이 보내지는 못했을 거야. 규모는 얼마나 되더냐?"

"그, 그것이······."

수하는 잠시 마른침을 삼킨 다음 조용히 입을 열었다.

"대략 천여 명쯤 되어 보였습니다."

엽호아의 얼굴에 큰 안도가 떠올랐다.

"다행이다. 우리가 세 배나 많잖아? 이건 충분히 해볼 만해."

등사평은 순진하게 엽호아의 말을 그대로 믿지 않았다.

그는 항상 상황을 회의적으로 보아 왔고, 그의 예측은 대부분 맞아떨어졌다.

'만약에 무당파 놈들이 최정예들로만 구성되어 있으면?'

등사평은 최악의 상황까지 예상했지만 그걸 입 밖으로 내뱉진 않았다.

지금은 사기가 떨어지는 소리를 할 때가 아니었으니까.

사룡대는 병력을 정비하며 최대한 유리한 위치를 선점하기 위해 애썼다.

'무려 한 시진을 버텨야 한다.'

상대는 무당파의 고수들이다.

이쪽의 숫자가 세 배는 된다지만 이건 한 치 앞을 예측할 수 없는 격전이 될 게 분명하다.

'누가 왔을까?'

사실 이게 가장 중요했다.

엽호아의 말처럼 저쪽이 정말 별 볼 일 없는 놈들뿐이라면 이건 의외로 쉬운 싸움이 될 수 있었다.

그랬기에 등사평은 일말의 기대를 가지고 무당파의 고수들이 몰려오고 있는 쪽을 응시하다가 얼굴을 딱딱하게 굳혔다.

'망했다.'

무당칠성.

비록 두 명이 죽고 지금은 다섯이 되었다고는 하지만 그들이 정면에서 미친 듯이 뛰어오고 있지 않은가?

저들이야말로 무당파의 간판 고수였다.

'젠장, 반대쪽 절벽은 어떻지?'

반대쪽 절벽.

그곳을 서둘러 응시하던 등사병은 다시 한 번 얼굴을 일그러뜨렸다.

반대쪽 역시 상황이 그다지 좋아 보이지 않았던 것이다.

그쪽도 뭔가 분주해 보였고, 곧 피할 수 없는 싸움이 벌어질 예정이었다.

냉하영이 급하게 짜 놓은 흑월회의 대비책.

그것이 과연 어디까지 통할 수 있을까?

지금부터가 진정한 승부였다.

*   *   *

가장 정면에서 말을 몰고 가던 초류향이 문득 위를 바라보았다.

거리는 멀었지만 그의 초인적인 시력에는 보였다.

저 멀리 있는 협곡의 절벽 위.

그곳에서 맞부딪치기 직전인 두 개의 세력이.

'왔군.'

갑작스럽게 이동 경로를 변경했고, 그 전보다 두 배 가까이 빠르게 이동했다.

그럼에도 불구하고 정도맹은 아슬아슬하게 시간에 맞춰서 움직인 모양이다.

초류향은 주변을 둘러보았다. 그리고 위에서 벌어지고 있는 치열한 전투와 그들의 이동 속도를 계산해 보기 시작했다.

머릿속에서 수없이 많은 계산식들이 뒤섞이다가 결론이 나왔다.

'시간이 조금 더 필요하다.'

초류향은 무의식적으로 뒤에서 따라오고 있는 냉하영을 힐긋 바라보았다.

그녀도 분명 지금의 상황을 이해하고 있을 터.

과연 그녀도 낭패한 얼굴이었다.

초류향의 시선을 읽었음일까? 말을 타고 질주하는 와중에 냉하영이 괴로운 얼굴로 전음을 날렸다.

『미안해…… 솔직히 말하자면 최악의 경우 피해를 입을 수도 있어.』

냉하영은 현재 동원할 수 있는 흑월회의 모든 전력을 이곳으로 끌어들였다. 그리고 그 병력으로 최고의 위치를 선점했지만 그래도 결과는 미지수였다.

적들이 이번 움직임에 대비해 어느 정도의 병력을 동원했을지 그녀조차 짐작이 가지 않았기 때문이다.

'상관중달이 이 협곡을 차지하기 위해 과연 얼마나 많은 병력을 움직였을까?'

이게 승부의 관건이었다.

상관중달이 처음부터 천마신교가 이곳을 통과할 것이라는 확신을 가지고 움직였다면 이 싸움은 애초에 성립할 수가 없었다.

거리가 가까운 정도맹 측이 압도적으로 유리했기 때문이다.

'그래도 이 정도면 충분하다.'

초류향은 냉하영의 얼굴을 보며 희미하게 웃어 주었다.

그녀는 몰랐다.

초류향이 바란 시간 벌이가 딱 이 정도였다는 것을.

'여론을 조장하고, 정보에 혼란을 준 것만으로 본 교의 갑작스러운 방향 전환을 완벽하게 숨기긴 어렵지.'

상관중달은 분명히 이상한 낌새를 눈치챘을 것이다.

그도 천마신교의 움직임에 예민하게 촉각을 세우고 있었을 테니까.

여기서는 가장 확실한 것부터 해결해야 했다.

'일단 속도를 높인다.'

위쪽에서 벌어지고 있는 전투가 어떻게 될지는 알 수 없다.

하지만 지금은 위쪽의 결과와는 상관없이 더더욱 속도를 높여서 협곡을 지나갈 수밖에 없는 상황이었다.

초류향이 지시하자 천마신교의 이동 속도가 조금 더 빨라졌다.

하나 그 이상은 속도가 빨라지지 않았다.

'이게 한계.'

타고 있는 말들이 입에 거품을 물기 시작했다.

그만큼 한계까지 몰아붙였다는 뜻이다.

초류향은 다시 한 번 힐긋 협곡을 바라보고 무언가를 계산하기 시작했다.

그러다 옆에 있던 우 호법과, 주 호법을 바라보며 입을 열었다.

"최악의 경우 위쪽에서 공격이 있을 수 있습니다."

"맡겨만 주시지요, 교주님."

저 정도 높이에서 떨어지는 바위 덩어리 같은 것은 그 자체로 이미 어마어마한 흉기였다.

지금 이동하고 있는 천마신교의 정예가 그런 것에 쉽게 당하지는 않겠지만, 낙하하는 바위가 많으면 그것도 장담할 수 없었다.

초류향은 말의 속도를 조절하여 냉하영의 바로 옆에 붙었다.

그리고 말했다.

"하나만 물어보자."

"응? 뭔데."

"왼쪽과 오른쪽, 어느 쪽에 병력을 집중했지?"

냉하영은 초류향을 가만히 바라보았다.

그러다 그 말에 담긴 뜻을 이해하고 눈을 동그랗게 떴다.

냉하영은 초류향의 미소를 보다가 재빠르게 오른쪽 절벽 위를 눈짓하며 입을 열었다.

"우리 흑월회의 무력 집단은 총 세 개야. 그들 중에 두 곳은 오른쪽으로 몰았고 왼쪽에는 사룡대, 하나밖에 보내지 못했어."

"좋아. 그거면 충분해. 군사는 할 일을 다 한 거야."

초류향은 냉하영의 얼굴을 바라보다 절벽으로 고개를 돌리며 입을 열었다.

"내가 없어지면 이곳은 네가 지휘를 해 줘. 상황 판단은 너에게 맡

길게."

"저길 정말 올라갈 수 있겠어?"

초류향은 고개를 끄덕였다. 그게 끝이었다.

파악—!

초류향이 말 등을 세게 박차고 하늘을 나는 새처럼 절벽으로 쏘아져 가기 시작했다.

"느, 능공천상제!"

아래에서 지켜보던 주 호법과 우 호법이 경악에 물든 얼굴을 할 때.

초류향은 허공에 떠 있는 와중에도 쑥스러운 얼굴을 해 보였다.

'나를 너무 과대평가해 주시는군.'

초류향에게도 아직 능공천상제는 불가능한 영역이었다.

물론 잠깐 정도는 허공에 떠서 이동할 수 있었다.

심지어 허공답보(虛空踏步, 허공을 계단처럼 걸어 올라가는 무공)도 연출할 수 있다.

이것들은 어디까지나 막대한 내력을 방출하기만 한다면 가능한 것이니까.

하지만 아무리 내력을 쏟아부어도 서서히 아래를 향해 떨어지는 것을 막을 수는 없었다.

'지금의 나에게 완벽한 능공천상제는 불가능하지만……'

냉무기가 사용했던 것처럼 장기간 허공에 떠 있을 수는 없다.

하지만 흉내 내는 정도라면 얼마든지 가능했다.

그리고 지금이라면 그것으로도 충분했다.

초류향은 잠깐 동안 허공에 떠서 날아가다가 서서히 몸이 아래로 가라앉는 것을 느꼈다. 아주 미미하게 내려가고 있었다.

이것은 한계가 찾아왔다는 의미였다.

'여기까지군.'

초류향은 가만히 절벽을 바라보았다.

아직 거리는 대략 삼십여 장(백 미터) 정도 남아 있는 상태였다.

'충분하다.'

초류향은 추락하는 와중에도 전혀 당황하지 않았다.

오히려 가만히 빈 허공으로 손을 뻗어 무언가를 꽉 움켜쥐고 바깥으로 끌어 내렸다. 그러자 무당파의 고수 하나가 절벽 끝에서 밀려 아래로 떨어지기 시작했다.

'우선 하나.'

초류향이 무당파의 고수 하나를 잡아 끌어내자 모두의 시선이 그를 향했다.

허공을 날아서 오는 초류향의 모습에 무당파 고수들의 얼굴에 공포가 떠오를 때쯤.

탁—

초류향이 절벽 끝에 발을 내디뎠다.

어딘가를 응시하던 초류향의 입가에 차츰 차가운 미소가 떠올랐다.

第四章

망자곡

흑월회의 사룡대는 지금 대위기였다.

그들도 설마하니 무당칠성이 들이닥칠 거라고는 생각도 못 하고 있었다.

백무량과 사자검군을 제외하면 무당파 최고의 고수가 그들 아닌가?

한 명 한 명이 절정의 끝에 도달해, 이미 화경에 근접해 있다는 평가를 받는 고수들이다.

'젠장, 젠장!'

등사평은 낮게 이를 갈았다.

그들만 해도 무서운데 그보다 더 무서운 것이 또 있었다.

바로 무당파가 천하에 자랑하는 절대의 검진.

'태극검진!'

그것은 정말 엄청난 진법이었다.

사룡대가 약 세 배가량 병력이 많았지만 그 정도 차이쯤은 아무것도 아니게 되었다.

'그래도 이렇게 일방적으로 밀리는 게 말이 돼?'

등사평은 병력을 지휘하며 대주 엽호아를 힐긋 바라보았다.

그쪽 역시 상황이 심각했다.

빈틈을 찾을 수가 없었던 것이다.

'빌어먹을!'

무당파 고수들의 피해는 현재까지 전무하다시피 했다.

간간이 부상을 입히더라도 진법의 안쪽으로 도망쳐 버리니 죽일 수가 없었다.

등사평의 얼굴에 절망의 기색이 떠오를 무렵.

'응?'

그의 앞에서 마치 약이라도 올리듯이 검을 휘둘러 대던 무당파 제자 하나가 갑자기 허공에 붕하고 떠올랐다.

마치 눈에 보이지 않는 거인의 손에 잡힌 듯 그대로 진법에서 쑥 뽑혀 나간 것이다.

'뭐, 뭐지……?'

당황스러운 얼굴로 시선을 옆으로 돌린 등사평은 보았다.

날듯이 허공을 지나 접근해 오는 한 명의 사내를.

그의 전신에서 사납게 뿜어져 나오는 압도적인 기운.

주변의 모든 것을 짓누르는 위압감.

자연스레 누군가의 이름이 떠올랐다.

"수라마군!"

등사평이 기쁨에 가득 차 소리치자 무당파의 진영에서 동요가 일어났다.

그것은 너무도 선명한 색깔의 공포.

"느, 능공천상제다……."

천마신교 병력들과의 거리는 상당했다.

아니, 단순히 거리만 먼 것이 아니라 높이도 어마어마했던 것이다.

한데 그 말도 안 되는 한계를 극복하고 여기까지 날아왔다는 것.

이게 바로 전설로만 존재한다는 능공천상제가 아닌가?

누군가의 입에서 흘러나온 그 단어는 그들을 얼어붙게 만들기에 충분했다.

탁―

그 와중에 초류향이 절벽 끝에 발을 디디자 주변이 일순간 고요해졌다.

그때까지 서로 치열하게 싸우고 있던 모두가 초류향의 눈치를 살피고 있었다.

초류향은 천천히 무당파의 고수들을 응시했다.

그러다 누군가를 보며 잠시 멈칫했다.

'저건…….'

초류향의 표정이 당황에서 놀람으로, 놀람에서 기쁨으로 다채롭게 변해 갔다.

마침내 초류향은 입에서 웃음을 터트렸다.

한동안 호탕하게 웃던 초류향이 웃음을 멈추며 입을 열었다.

"기쁘군. 이런 곳에서 너희들을 다시 만나게 될 줄은 몰랐다."

무당칠성.

초류향은 그들의 얼굴을 똑똑히 기억했다.

과거 초류향의 스승이었던 조기천을 죽였던 사자검군.

그와 함께 왔던 자들이 아닌가.

"무량수불……."

무당칠성의 가장 맏형인 풍호자가 앞으로 한 걸음 나섰다.

그 역시 초류향을 기억했다.

과거 월인도법을 회수하러 갔을 때 죽이지 못했던 꼬마 아이.

그가 천마신교의 교주가 되었다는 사실을 나중에 전해 듣고 얼마나 놀랐던가?

"악연이로다……."

풍호자의 말에 초류향은 고개를 끄덕이며 긍정했다.

"그렇지. 악연. 그건 정말 그대들과 나 사이를 표현하는 데 가장 잘 어울리는 단어다."

초류향은 말을 하면서 입꼬리를 말아 올렸다.

정말 기뻤다.

이런 곳에서 이렇게 복수의 대상을 마주하게 될 거라고 어찌 상상이나 했겠는가?

'적에게는 누구보다도 잔인하게.'

초류향은 아직도 살인이 내키지 않았다.

하지만 반드시 해야 되는 순간일 때 망설일 생각은 조금도 없었다.

초류향은 잠시 각오를 다진 후 하늘을 응시했다.

'스승님…….'

무당파에 복수를 다짐했던 그날이 불현듯 떠올랐다.

그리고 눈앞에는 그토록 복수심을 불태웠던 무당파가 있지 않은가?

'망설일 이유가 없다.'

초류향은 고개를 내리고 곧장 앞으로 성큼성큼 걸어갔다.

마음 정리는 끝났다.

아니, 애초에 이건 정리할 필요도 없는 문제였다.

무표정하게 풍호자를 향해 걷는 초류향의 얼굴에 농도 짙은 분노가 떠오르기 시작했다.

스승 조기천이 죽던 날을 떠올렸기 때문이다.

우르르—

초류향이 걷는 길을 막는 자들은 아무도 없었다.

흑월회의 사룡대는 마치 바다가 갈라지듯 양쪽으로 물러섰다.

그러다 어느 순간.

"사백님을 보호하라!"

촤촤창—!

무당파의 고수들이 일제히 검을 앞세우고 길을 막았다.

그들은 공포에 질려 있으면서도 문파의 어른을 보호하기 위해 목숨을 걸고 있었다.

초류향은 그 두터운 인간 벽 앞에 잠시 멈춰 섰다.

그리고 야릇하게 웃었다.

"벽 뒤에 숨으면 안전할 것 같은가? 풍호자."

"무량수불……."

풍호자는 얼굴을 찡그렸다.

그리고 말했다.

"모두 물러서거라."

"그럴 수 없습니다."

풍호자는 고개를 저었다.

그리고 초류향을 바라보며 작게 말했다.

"무의미한 죽음을 늘릴 뿐이다."

더 이상의 희생은 늘리고 싶지 않았다.

풍호자가 그렇게 생각할 때, 초류향이 입꼬리를 말아 올리며 말했다.

"우습군. 풍호자, 그대 하나의 목숨으로 끝날 것이라 생각했는가? 웃기지 마라. 오늘 이곳에서 살아 돌아갈 수 있는 무당파의 제자는 아무도 없다."

"……!"

쿠웅―!

초류향은 바닥에 강한 진각을 내디디며 입을 열었다.

"오늘 이곳에 있는 무당파의 제자들은 모두 죽는다. 단 한 명도 남김없이."

쿠그그극―!

초류향의 몸 주변에 붉은색 기운이 소용돌이처럼 일어났다.

수라환경의 기운을 끌어 올린 것이다.

"크아아악!"

단지 기운만 끌어 올렸을 뿐인데 초류향과 가까이 있던 무당파의 제자들은 핏줄이 터져 나가며 바닥에 주저앉았다.

내력이 역류하면서 죽어 버렸기 때문이다.

초류향은 그들의 시체를 넘어서며 풍호자를 바라보았다.

"그날 내 스승님의 죽음을 나는 아직 똑똑히 기억한다. 그리고 오늘은 그 핏값을 받는 날이 되겠지."

초류향은 오른손을 뻗었다.

그러자 그의 손끝에서 붉은 강기의 손톱이 생겨나 정면을 사납게 할퀴었다.

촤아아―!

피 보라가 일어나며 풍호자의 바로 앞까지 붉은 길이 생겨났다.

단 한 번에 수십 명을 쓸어버린 것이다.

초류향은 그 조각난 시신들을 타고 넘으며 풍호자를 향해 걸어갔다.

"이, 이노옴!"

무당칠성.

풍호자를 비롯한 그들 모두가 일제히 분노한 얼굴로 검을 뽑았다.

그리고 초류향을 향해 달려들었다.

무당파가 자랑하는 태극검진이었다.

그런 그들을 물끄러미 바라보던 초류향.

그는 얼음장처럼 차가운 눈빛으로 입을 열었다.

"서두르지 마라. 너희들은 가장 마지막이다."

타타탁—

초류향의 몸이 일순간 흐려진다 싶더니 어느새 무당칠성 전원이 굳어서 멈춰 있었다.

한순간에 무당칠성의 혈도를 짚어 제압한 것이다.

압도적인 힘의 차이.

초류향은 천천히 제압당한 풍호자의 정면에 가서 섰다.

그리고 그의 멱살을 움켜쥐고 가까이 잡아당기며 으스스한 음성으로 입을 열었다.

"그렇게 두 눈 똑바로 뜨고 잘 보고 있어라. 멀쩡히 살아 눈앞에서 소중한 사람이 죽어 가는 것을 똑똑히 지켜보라는 말이다."

"……!"

또각—

초류향은 풍호자의 검을 잡아 부러뜨린 후 다시 한 번 뼛골이 시릴 듯한 차가운 음성으로 말을 이었다.

"그리고 내가 그랬듯이 소중한 사람의 핏물을 뒤집어써 보아라. 그게 내가 너희에게 내리는 벌이다."

초류향은 어느새 붉게 충혈된 눈을 들어 주변을 둘러보았다.

그리고 양손을 들어 올려 공포에 질려 있는 적들을 바라보며 기운을 모았다.

"도망갈 생각은 버려라."

쿠콰콰콰쾅—!

하늘에서 내리치는 붉은색 벼락.

그것은 무당파 제자들 사이를 헤집으며 그들을 산산이 부숴 놓기 시작했다.

"어, 엄청나군……."

멀찍한 곳에서 그것을 지켜보던 엽호아가 질린 얼굴로 말하자 곁에 있던 등사평도 고개를 끄덕였다.

교주가 엄청난 고수라는 것은 이미 짐작하고 있었다.

강호에 퍼진 소문도 있거니와 조금 전에는 실제로 하늘을 날아오지 않았던가?

그런데 실제로 목격한 교주의 무공은 상상 이상으로 어마어마한 것이었다.

'이건 거의 어린아이와 어른의 싸움이 아닌가?'

무당파의 제자들이 간간이 공격해 왔지만, 근처에도 닿지 못했다.

압도적인 위용.

'게다가……'

등사평은 마른침을 삼키며 초류향을 응시했다.

사실 자신도 이쪽 세계에서 나름대로 잔뼈가 굵을 대로 굵은 몸이었지만 지금 초류향이 보여 주는 복수의 형태는 정말로 처절할 만큼 잔인하다고 느껴졌다.

'아마 원한이라는 감정이 어떤 형태를 가지게 된다면 지금의 교주와 같은 모습일 것이다.'

그만큼 초류향은 분노하고 있었다.

무당파의 고수들을 쓸어버리며 그 핏물을 뒤집어쓰고 악귀처럼 날뛰고 있었다.

흑월회의 고수들이 질린 표정을 하고 있을 때.

퍼뜩 정신을 차린 등사평이 입을 열었다.

"모두 움직일 준비를 해."

"예?"

"포위를 해서 무당파 놈들이 도망 못 가게 해야지. 안 그래?"

"아······!"

모두가 고개를 끄덕이는 것을 보며 등사평은 병력을 움직였다.

'저 살벌한 곳에는 죽어도 끼어들기 싫어.'

괜히 잘못 엮여서 죽고 싶진 않았다.

그래서 최대한 넓게 무당파의 고수들을 포위해 놓고 지켜보았다.

교주 혼자서 무당파의 고수들을 학살하는 광경을.

'삼황급의 고수가 대단하긴 하구만······.'

사룡대의 인원들이 한 명도 죽이지 못했던 무당파의 고수들이다.

그런 잘 훈련된 병력을 단신으로 쥐 잡듯이 잡고 있는 것이다.

'저런 괴물이 우리 편이라 다행이다.'

등사평은 안도했다.

그리고 부디 흑월회와 천마신교의 동맹이 오래 이어지기를 간절하게 빌었다.

　　　　　　*　　　　*　　　　*

"후으……."

초류향은 전신에 피를 뒤집어쓴 상태로 하늘을 바라보았다.

몸에서 뿜어져 나오는 수증기.

숨 막힐 정도의 비릿한 피 냄새가 초류향의 시야를 어지럽게 했다.

하지만 아직 할 일이 남았다.

"어떤가?"

초류향은 풍호자의 앞에 가서 입을 열었다.

풍호자는 혈도가 짚여 있는 상태에서 허허로운 눈으로 초류향을 바라보고 있었다.

이미 모든 것을 내려놓은 듯한 시선.

그 눈을 바라보던 초류향은 입가에 가느다란 미소를 그렸다.

'적에게는 자비를 베풀지 마라.'

이건 공손천기가 내려 준 가르침이다.

적이라 판단되면 단 한 톨의 자비심이나 동정심을 보일 필요가 없다.

이건 초류향 스스로가 체득한 것이기도 했다.

"내가 쉽게 죽여 줄 것이라 기대하는가? 착각하지 마라."

초류향은 말을 하며 풍호자의 단전에 손을 가져다 대었다.

뿌드득—

내력을 끌어 올려 풍호자의 단전을 파괴해 버린 초류향이 나직하게 입을 열었다.

"살아서 두 눈으로 지켜봐라. 너희들이 만들어 놓은 무림이 뿌리부터 무너지는 모습을. 너희들의 욕심이 키워 낸 괴물인 내가 철저하게 부숴 줄 테니."

초류향은 풍호자의 뒤에 서 있는 다른 무당칠성들의 단전도 박살 낸 후 그들을 기절시켰다.

털썩—

마지막 무당칠성이 바닥에 쓰러지는 것을 바라보던 초류향이 느릿하게 입을 열었다.

"누가 이곳의 책임자입니까?"

"……?"

곧장 대답이 들려오지 않았다.

모두가 굳어 있었던 것이다.

초류향은 한숨을 내쉬고 고개를 들어 흑월회의 고수들을 바라본 후 다시 한 번 물었다.

"누가 이곳의 책임자입니까?"

등사평은 그제야 퍼뜩 정신을 차리고 옆에 있던 엽호아의 옆구리를 찔렀다.

그렇게 옆구리를 찔리고 나서야 정신을 차린 엽호아가 더듬거리며 대답했다.

"저, 저입니다. 교주님."

"저는 지금 당장 이동해야 하니 뒷수습을 부탁드리겠습니다. 그리고 이자들은 죽이지 마십시오."

"예옙!"

엽호아가 고개를 여러 번 끄덕이자 초류향은 천천히 몸을 돌렸다.

그리고 절벽의 끝에 가서 섰다.

저 멀리, 천마신교의 고수들이 망자곡을 통과하여 그를 기다리고 있는 것이 눈에 들어왔다.

'계획은 성공했다.'

약간 무모할 수 있는 계획이었다.

하나 성공했다.

그게 중요했다.

거기에 더해 생각지도 못했던 복수도 할 수 있었다.

초류향은 지금 무척 지쳐 있었지만 기분만은 나쁘지 않은 상태였다.

'이제 어떻게 나올 것이냐, 상관중달.'

분명 상관중달의 예상보다 훨씬 빠른 시간에 정도맹이 있는 장소에 도착하게 될 것이다.

백무량도 무사하지 못할 테니 이제 정도맹의 멸망은 시간문제였다.

초류향은 천마신교의 고수들을 향해 몸을 날리며 웃었다.

'마도천하.'

얼마 지나지 않아 천하의 질서가 완전히 새롭게 잡힐 것이다.

초류향이 새로운 질서를 만들 생각이었으니까.

오늘의 사건이 그 거대한 흐름의 첫걸음이었다.

                              *   *   *

운휘는 핏물에 절어 있는 초류향에게 다가갔다.

협곡 위쪽.

그곳에서 무슨 일이 있었는지 굳이 물어보지 않아도 알 수 있는 모습.

"주군, 일단 이것으로……."

초류향은 운휘가 건네는 수건을 받아서 대충 얼굴을 닦아 내며 고개를 돌렸다.

그곳에는 자신을 복잡한 표정으로 바라보는 냉하영이 있었다.

"이것으로 시간을 벌었겠지?"

냉하영은 초류향의 모습을 잠시 지켜보다가 고개를 끄덕였다.

"수고했어. 이걸로 이제 상황 역전의 가능성이 열린 거야."

"다행이군."

많은 사람이 죽었다.

그리고 앞으로 더 많은 사람들이 죽을 것이다.

'그게 바로 내가 가야 할 길이다.'

천하를 목표로 했을 때 이미 각오했던 일이긴 하다.

그러나 당연한 일이지만, 아무리 각오를 했다고 해도 사람을 죽이고 나면 기분이 좋지는 않았다.

잠시 머릿속에 떠오르는 온갖 상념을 떨쳐 내며 초류향은 말 위에 올라탔다.

"가자."

자신을 기다리느라 지체된 시간도 아까웠다.

조금이라도 더 빨리 정도맹에 도착하고 싶었다.

그들을 정리해야 모든 것이 원래대로 되돌아갈 것 같았던 것이다.

*　　　*　　　*

쾅—!

상관중달.

그는 자신도 모르게 탁자를 주먹으로 내려쳤다.

평소 언제나 침착하고 냉정하게 상황을 판단하는 그였지만 이번에는 정말 어쩔 수 없었다.

망자곡이 뚫렸다는 정보.

그것은 그가 짜 놓은 계획에 거대한 균열이 생겼다는 의미이기 때문이다.

"무당칠성도 흑월회를 막지 못했다는 건가?"

상관중달은 냉하영의 공작에 속지 않았다.

흑월회의 움직임을 귀신같이 내다보고 그에 걸맞은 안배를 마친 상태였다.

한데 그것이 실패하다니…….

"……능공천상제로 교주가 직접 협곡 위에 올라섰다고 합니다. 그 한 명에게 모두가 속수무책으로 학살당하는 수준이었다고 하니……."

"웃기는 소리! 그는 아직 능공천상제를 펼칠 수 있을 만큼의 경지가 아니야. 분명 어설픈 허공답보로 능공천상제를 흉내 낸 것일 터."

"하나…… 그를 직접 보고 살아남은 무당칠성이 그렇게 증언했습니다."

상관중달은 얼굴을 찡그렸다.

무당칠성이 그렇게 말했다면 다른 자들도 그것을 능공천상제라고 생각할 터.

'겁을 주는 거군…… 영악한 놈.'

분명 겁을 집어먹을 만했다.

이야기로만 전해지는 전설상의 무공을 직접 본 셈이니까.

천하에 소문이 돌 거고, 그것은 곧 초류향에 대한 두려움과 경외심으로 바뀔 것이다.

드륵—

의자를 밀어내며 상관중달은 몸을 일으켰다.

그리고 자신에게 보고하고 있던 수하를 바라보며 입을 열었다.

"급하게 다녀올 곳이 있다."

"혹시 어디로 가시는지 속하가 알 수 있겠습니까?"

"얼마 전에 잡아 놓은 오리가 있는 곳으로 간다. 밥을 줄 시간이거든. 혹시 검황께서 나를 찾으시면 그리 갔다 일러라."

오리에게 밥을 줄 시간이다?

상관중달의 부하는 잠시 고개를 갸웃하다가 곧 의미심장한 미소를 지으며 허리를 숙였다.

"알겠습니다. 군사님."

"다녀오마."

상관중달은 곧장 바깥으로 이동했다.

정도맹을 벗어나 마차를 타고 한나절을 이동하여 도착한 곳은 커다란 장원의 지하에 뚫려 있는 미로와 같은 거대한 동굴이었다.

그곳에 '오리'가 있었다.

"어때? 지낼 만한가?"

차르륵—

쇠사슬이 쓸리는 소리와 함께 누군가가 고개를 들었다.

죽어라 얻어터진 얼굴.

벌거벗겨진 전신에는 피멍 자국이 가득했다.

"……너희들이 나에게 이런 짓을 하고도 무사할 것 같으냐?"

"물론 무사하지. 흑월회주님."

흑월회주 냉파천.

냉무기의 친아들이다.

그는 쇠사슬에 결박당한 채로 상관중달을 쏘아보았다.

"아버지가 알고도 너를 가만 내버려 둘 것 같으냐?"

"가만 안 두시겠지. 애초에 그걸 기대하고 널 잡아 온 거거든."

상관중달은 냉파천이 잘 보이는 자리에 의자를 갖다 놓고 앉으며 말했다.

"솔직하게 물어보마. 너랑 놀아 줄 시간이 없으니 묻는 말에 빨리 대답을 해 줘야겠다."

"……미친놈."

냉파천이 핏물이 고인 입을 열어 침을 뱉으며 이죽거렸다.

하나 상관중달은 아무렇지도 않다는 듯 태연하게 질문을 했다.

"네가 인질로 잡혀 있으면 정말로 흑월야황이 찾아올 거라고 생각하나?"

"……"

냉파천은 입을 다물었다.

그러자 상관중달이 한숨을 내쉬며 앞에 있는 인두를 집어 들었다.

"내가 너와 놀아 줄 시간이 없다고 했을 텐데?"

치이이익—!

"크, 크아악!"

"시간 끌지 말고 빨리빨리 대답해. 오늘은 무척 바쁘니까."

"크, 흐흐……."

냉파천은 전신을 부들부들 떨면서도 끝까지 입을 열지 않았다.

이놈들의 목표가 자신이나 흑월회가 아니라 그의 아버지에게 있다는 것을 알았을 때.

맨 처음에는 어이가 없었다.

그저 황당할 뿐이었다.

'아버지를 죽이겠다고? 미친 소리를 하는군.'

처음에는 그런 생각을 했다.

하나 지금은 아니다.

'절대로 아버지가 이곳에 오셔서는 안 된다.'

정도맹은 완벽한 함정을 파 놓고 냉무기를 기다리고 있었다.

물론 그 여러 함정 중에서도 가장 위험한 것은 두말할 것 없이 태극검황 백무량이었지만, 그 외에도 하나하나 위험하지 않은 게 없었다.

"시간 끌지 마라. 어차피 너를 살려 보낼 생각은 없으니까."

냉파천은 억지로 미소 지으며 상관중달을 쏘아보았다.

그 웃음에서 광기가 느껴지자 상관중달은 고개를 저으며 말했다.

"흑월회가 갑자기 움직임이 빨라졌다. 그 말은 무언가를 노리고 있다는 것인데…… 그게 아무래도 냉무기와 관련이 있을 것 같다, 이 말이다. 그렇지 않다면 이렇게 무모하게 움직일 이유가 없지."

"……."

"그런데 말이다, 만약 놈들이 검황 어르신과 야황이 목숨을 걸고 싸운 이후, 그것을 염두에 두고 있다면 이렇게 빨리 움직이는 것도 이해가 되지."

상관중달은 혼자 중얼거리다가 냉파천을 바라보며 입을 열었다.

"나도 사실 야황과 검황 어르신의 승부가 기대되는 사람이긴 하다. 솔직히 너도 그렇지 않나?"

"……."

냉파천은 입술 끝을 씰룩거렸다.

마음에 들지는 않지만 상관중달의 말이 사실이었기 때문이다.

"네가 지금 오해하고 있는 게 있는데, 나는 사실 야황과 검황, 둘의 승부에 방해가 되고 싶은 마음은 없다. 둘 모두 그것을 원치 않을 테니까."

상관중달은 진심 어린 눈빛으로 냉파천을 바라보았다.

그리고 입을 열었다.

"만약 야황이 온다면 우리는 역사적인 순간을 지켜본 산증인이 될 거야."

상관중달이 들뜬 얼굴로 속삭이듯이 중얼거리자 가만히 듣고만 있던 냉파천이 고개를 앞으로 내밀어 상관중달의 얼굴에 침을 뱉었다.

퉤—

어지간한 무인이었다면 그것을 피할 수 있었겠지만 상관중달은 무인이 아니었다.

침을 고스란히 얼굴에 맞은 상관중달은 침착한 눈으로 냉파천을 바라보았다.

"네 이런 무모한 태도가 서로 간의 관계 발전에 아무런 이득이 되지 않는다는 것은 알고 있나?"

"미친 새끼…… 분명히 말해 주지만 우리 아버지는 이곳에 오지 않을 거다. 그분은 단 한 번도 가정을 돌보신 적이 없었다!"

"그래? 그거 아주 훌륭하신 분이셨군."

상관중달은 수건으로 얼굴을 닦아 내며 침착하게 다른 인두를 집어 들었다.

치이익—!

"크아아악!"

손에 든 인두를 냉파천의 복부에 가져다 대며 상관중달은 무미건조하게 말했다.

"부디 그 생각이 틀리길 빌어야 할 거다, 흑월회주. 만약 야황이 오지 않는다면 너는 정말 지옥을 보게 될 거거든."

상관중달은 살짝 짜증 섞인 얼굴로 냉파천을 한동안 괴롭히다가 바깥으로 나왔다.

그리고 잠시 멈칫했다.

"재미는 좀 보았나?"

백무량.

그가 동굴 앞에 서 있었던 것이다.

상관중달은 최대한 공손한 얼굴로 그를 바라보며 입을 열었다.

"놈의 태도로 보아 냉무기는 이곳에 올 것 같습니다."

"그래? 그건 잘되었군."

백무량이 진심으로 기분 좋은 미소를 그리며 고개를 끄덕이자 상관중달은 조심스럽게 말했다.

"망자곡이 뚫렸습니다."

"안 그래도 그 이야기를 듣고 온 걸세."

"놈들이 이렇게 서두른다는 것 역시 야황이 이곳으로 온다는 방증입니다."

"알고 있네."

상관중달은 평소와 다름없는 백무량의 태도에 살짝 초조해졌다.

"상대하실 수 있겠습니까?"

"물론이지. 놈은 이곳에서 내 손에 죽네. 적어도 검으로는 천하에 나를 이길 사람이 없지."

백무량의 자신감을 보면서도 상관중달은 불안했다.

본래라면 그도 진심으로 개입하고 싶은 마음이 없었다.

순수한 무인들의 싸움이 보고 싶은 건 무인이 아니어도 마찬가지니까.

한데 천마신교가 저렇게 빠른 속도로 치고 들어오는 것을 보니 마음속에 한 가닥 불안함이 생겼다.

'대책을 세워야 한다.'

백무량 모르게 작은 장치를 하나 마련해야 할 것 같았다.

상관중달은 백무량을 향해 공손히 읍을 해 보이며 입을 열었다.

"천마신교의 진출에 대한 대책을 세우러 가 보도록 하겠습니다."

"그러시게나."

상관중달이 시야에서 멀어지자 백무량은 입을 열었다.

"조만간 어떻게든 결말이 나겠군."

상관중달은 아무런 티를 내지 않았지만 백무량은 그가 무슨 수작을 부릴 거라는 예감이 강하게 들었다.

'하지만….'

그것이 무엇이 되었건 냉무기에게 어떠한 영향도 끼치지 못할 것임을 확신했다.

그게 차후 백무량을 뼈저리게 후회하도록 만드는 첫 번째 실수였다.

*　　　*　　　*

주호유는 마차 문을 열고 나서 잠시 고개를 갸웃거렸다.

웬 토끼 한 마리가 거만한 자세로 마차에 앉아 있었던 것이다.

"괜찮으십니까?"

"누구……세요?"

공손아리는 갑작스럽게 문을 연 낯선 사내를 보며 고개를 갸웃거렸다.

그러자 주호유가 어색하게 머리를 긁적이며 입을 열었다.

"아, 저는 주호유입니다."

"……?"

그러니까 그게 누군데?

공손아리가 그런 의문을 담아 멀뚱히 바라보자 주호유는 아차 싶은 얼굴로 입을 열었다.

"교주님의 지인입니다. 교주님에게 신세를 진 적이 있어서 그걸 갚으려고 왔습니다."

"아……."

교주 초류향.

그와 아는 사이라는 말을 듣자 공손아리는 씁쓸한 얼굴을 해 보였다.

그런 기색을 눈치채지 못한 주호유는 주변을 두리번거리며 입을 열었다.

"일단…… 위험에 처해 있다는 말에 급히 달려온 건데, 소군주님은 안전해 보이시네요?"

"네. 저는 안전해요."

주호유는 순간 아쉬운 얼굴을 해 보였다.

그러다가 주변을 둘러보며 입을 열었다.

"무슨 일이 있었는지는 모르겠지만 일단 이곳을 벗어나는 게 좋겠죠?"

"네."

"제가 안전한 곳까지 호위를 해 드려도 될까요?"

공손아리는 고개를 저으며 괜찮다는 뜻을 전하려 했다.

그때.

공손아리에게만 들리는 음성이 있었다.

[호위를 해 달라고 해라. 둘 다 아주 재미있는 놈들이다. 심심하지는 않겠어.]

막수가 흥미로운 미소를 그리며 말하자 공손아리는 잠시 멈칫하다가 곧 주호유를 바라보며 말했다.

"그럼 부탁드려도 될까요?"

"그럼요."

주호유는 사람 좋은 웃음을 그리며 마차 안에 냉큼 들어와 앉았다.

그리고 뒤를 돌아보며 의아한 얼굴을 했다.

"응? 어르신은 왜 안 타십니까?"

"……나는 마부석에 타겠네."

"예? 왜요?"

척계광.

그는 마차 안에 늘어져 있는 토끼를 괴물 보듯이 바라보며 어색하

108 수라왕

게 말했다.

"난 아무래도 바깥이 편할 듯하네만…… 자네는 그곳이 좋다면 타고 가게. 말리진 않겠네."

막수는 히죽 웃었다.

저놈은 자신의 정체를 알아본 것이다.

척계광은 막수를 가만히 지켜보다가 마부석 위에 올라타며 속으로 침음을 삼켰다.

'여기 쓰러져 있는 사람들은 모두 저 괴물의 작품이겠군.'

공손아리가 무사하다는 것을 알게 된 후 그대로 돌아갈 생각에 크게 안도하던 척계광이었다.

한데 주호유가 오지랖 넓게 괜한 호의를 베풀자 정신이 아득해졌지만 척계광은 짐짓 모르는 척했다. 평범한 토끼인 양 행세하는 데에는 이유가 있을 테니 저 괴물의 심기를 최대한 건드리지 않을 생각이었다.

'천마신교는 저런 괴물을 자기 마음대로 부릴 수 있는 건가…….'

새삼스럽게 천마신교와 부딪치지 않아서 다행이라 생각하는 척계광이었다.

第五章
노진녕과 막수

노진녕은 얼굴을 찡그렸다.

"뭐, 뭡니까? 왜 이런 거예요?"

초류향의 은밀한 명령을 받고 공손아리를 마중 나온 노진녕이다.

공손아리 곁에 있을 선우초린을 만날 수 있다는 생각에 들떠서 서둘러 왔더니 선우초린은 부상당해서 누워 있지 않은가?

눈으로 보기에도 아까워서 늘 아껴서 보던 선우초린이 저런 심각한 부상을 당해 있다니?

노진녕은 손이 덜덜 떨려 왔다.

"나를 지키려다가…… 다쳤어요."

공손아리가 슬픈 얼굴로 입을 열자 침상에 누워 있던 선우초린이 고개를 저었다.

"당연한 일을 한 겁니다, 소군주님. 제 걱정은 마세요."

"미안해, 링링……."

노진녕은 누워 있는 선우초린을 바라보다 문득 그 옆에서 시큰둥한 얼굴을 하고 있는 막수에게 고개를 돌렸다.

둘의 시선이 허공에서 마주쳤고 막수의 눈썹이 꿈틀거렸다.

[뭘 보냐? 무식한 놈.]

"왜 그쪽이 옆에 있었는데도 내 여자가 이렇게 다쳤는지 궁금해져서."

"내 여자?"

침상에 누워 있던 선우초린이 언짢은 얼굴을 해 보였다.

이놈이나 저놈이나 헛소리를 하는 것을 보면 속에서 열불이 치솟았지만 불행히도 정신 나간 놈들이 하나같이 무공은 또 어마어마했다.

'어서 빨리 화경이 되어야겠다.'

선우초린은 속으로 이를 갈았다.

강해져야 하는 절대적인 이유가 생긴 셈이다.

그녀가 아주 강한 동기 부여를 느끼고 있을 무렵.

막수가 어이없다는 얼굴로 노진녕을 바라보다가 히죽 웃었다.

[그래서 불만이냐?]

이놈은 자신의 정체에 대해서 안다.

과거 지금처럼 '완전체'가 아니었을 때.

공손천기와 자신이 붙었던 것을 이놈은 보았다.

당연히 겁이 날 것이다.

한데.

"그래, 불만이다. 토끼."

노진녕은 조금도 눌리는 기색이 없이 분노한 얼굴로 막수를 바라보았다.

그래도 이 괴물 놈을 믿고 있었는데 자신의 사랑하는 여자가 이렇게 부상을 당했을 줄이야…….

열불이 치솟았다.

이놈은 마땅히 그것에 대한 책임을 져야만 했다.

말도 안 되는 논리였지만 노진녕의 머릿속에서는 당연한 것으로 확실하게 자리 잡혀 있었다.

[이쯤 되니 네놈이 정말 멍청한 건지…… 아니면 자신감이 넘치는 건지 모르겠네.]

막수는 고개를 갸웃거리다가 곧 노진녕을 바라보며 자신의 두루뭉술한 손을 뻗었다.

[그럼 한판 할까?]

"좋아."

노진녕은 지극히 단순했다.

싸움이 붙는다면 자신이 두들겨 맞으리라는 것쯤은 그도 잘 알았다.

하지만 지금 저놈을 한 대라도 치지 않으면 이 분노가 풀릴 것 같지 않았다.

'한 대 때리고 열 대쯤 맞아 주자.'

그것이 지금 노진녕의 생각인 것이다.

막수는 노진녕이라는 놈의 무모함에 크게 감탄하며 고개를 끄덕였다.

[이 어르신도 마침 기분이 꿀꿀했는데 잘됐다. 따라 나와라, 못난이.]

막수가 흥얼거리며 문밖으로 나서자 옆방에 있던 척계광과 주호유도 흥미롭다는 얼굴로 슬슬 따라 나왔다.

"뭡니까? 비무입니까?"

주호유가 물었지만 아무도 대답해 주지 않았다.

그가 멋쩍은 얼굴을 해 보일 때, 공손아리가 선우초린을 보면서 물었다.

"어, 어쩌지?"

그녀는 갑작스럽게 벌어진 일련의 사태에 대해 어떻게 대응해야 할지 몰라 당혹스러웠다.

한데 선우초린은 침상에 누운 채 그저 못마땅한 얼굴로 대답할 뿐이었다.

"저딴 놈 신경 쓰지 마세요, 소군주님. 죽어라 얻어터져 봐야 정신 차릴 거예요."

"그, 그렇지만……."

"소군주님은 다른 건 다 무시하고 저와 있으면 돼요."

선우초린은 공손아리에게 침상에 가까이 오라고 손짓했다.

그리고 공손아리가 다가오자 그녀를 자기 옆에 누인 후 그녀의 머릿결을 쓰다듬으며 눈을 감았다.

'강해질 거다.'

자신이 강해져야 공손아리를 지켜 줄 수 있었다.

선우초린이 그렇게 다시금 무공에 대해 열망을 불태우고 있을 때.

객점의 후원.

그곳 중앙에 선 막수는 보송보송한 두 팔을 크게 들어 올려 기지개를 켰다.

그러자 그의 등 뒤에 작은 날개가 살짝 돋아났다.

사락—

작고 귀여운 날개.

주호유가 그 앙증맞은 모습에 새삼 눈을 빛낼 때.

막수가 히죽 웃으며 말했다.

[크크크, 맞아서 죽을 준비는 다 되었느냐? 무식한 인간. 얻어터지기에 참으로 좋은 날씨가 아니냐?]

"흥!"

노진녕은 콧바람을 내뿜으며 내력을 끌어 올렸다.

'한 방.'

한 대 강하게 치고 몇 대 맞아 줄 생각이었다.

그랬기에 가장 처음으로 뻗는 주먹이 강해야 했다.

후회가 없을 정도로 강력한 일격.

드드득—

[호오?]

막수는 흥미로운 얼굴을 해 보였다.

노진녕이 정말 핏줄이 툭툭 튀어나올 정도로 엄청난 기운을 끌어모았던 것이다.

뒤에서 지켜보고 있던 척계광도 눈을 빛냈다.

'일격필살이군.'

방어를 도외시한 채 모든 것을 거는 한 방.

그리고 그것을 펼치기에 최적의 무공인 듯했다.

'뭐지, 저것은?'

묵직하면서도 강렬한.

그러면서도 굉장히 파괴적인 기운이 아닌가?

척계광이 노진녕의 기운에 대해 고민하고 있을 무렵.

꽈드득—!

오른쪽 주먹에 온 힘을 모으자 뼛소리가 들리며 노진녕의 주먹 끝에 검은색 둥근 고리가 맺혔다.

"강환?"

척계광이 깜짝 놀란 얼굴을 해 보였다.

그가 보았을 때 노진녕은 아직 강환을 발휘할 수 있는 수준이 아니었기 때문이다.

그가 놀라거나 말거나 노진녕은 감은 눈을 번쩍 뜨며 손에 모인 강환을 벼락처럼 앞으로 내찔렀다.

'광극멸천권!'

천마신공에 적혀 있는 무공들 중 현재의 노진녕이 발휘할 수 있는 최강의 무공이다.

그것을 가만히 지켜보던 막수의 입가에 비웃음이 떠올랐다.

막수는 가만히 숨을 멈추고 등에 힘을 줬다.

그러자 그의 등에 돋아 있던 작은 날개가 갑자기 커다란 맹금류의 날개처럼 변했다.

펄럭—

백색의 날개가 막수의 전면을 막아서는 그 순간.

노진녕이 뿜어낸 일격과 날개가 충돌했다.

콰아아앙—!

"컥……!"

엄청난 반발력에 노진녕이 피를 울컥 토해 냈을 때.

막수는 오만한 표정으로 백색의 뽀송뽀송한 날개를 펄럭거렸다.

[후후후, 어떠냐? 이것이 완전체인 내 모습이다. 네가 아무리 발버둥 쳐 봤자 고작 땅에 발을 디디고 사는 미개한 인간일 뿐이지.]

서방 세계의 야차왕이었던 알타이르.

그를 잡아먹은 막수였다.

그래서 그가 가지고 있던 하늘을 지배할 수 있는 권능.

그것을 온전히 흡수할 수 있었다.

덕분에 막수는 토끼의 몸이면서도 등에 날개가 생겼다.

막수는 한동안 허공을 퍼덕퍼덕 날아다니며 자신의 모습을 감상했다.

[괜찮군.]

이건 생각보다 나쁘지 않았다.

아니, 실제로 꺼내 보니 날개라는 것이 꽤나 훌륭하지 않은가?

한층 강해진 것이 온몸으로 느껴졌다.

포옥—

토실토실한 두 손을 곱게 모은 상태로 허공에 둥둥 떠 있던 막수는 한동안 날개의 감각을 즐기다가 노진녕을 내려다보았다.

그는 자신의 복슬거리는 볼 한쪽을 말아 올리며 말했다.

[이제는 벌 받을 시간이다, 무식한 인간.]

빠르게 노진녕에게 다가간 막수는 그 작은 손으로 노진녕의 턱을 올려쳤다.

[반성해라!]

퍼억—

"컥!"

노진녕은 머릿속이 새하얗게 변하는 게 느껴졌다.

이 망할 괴물 놈은 힘 조절 따위를 할 생각이 전혀 없어 보였다.

그리고 막수는 한 방으로 만족하지 않았다.

[반성해! 반성해!]

퍼퍼퍼퍽—!

엄청난 구타.

막수가 그 짧고 작은 팔다리를 열심히 휘둘러 노진녕을 난타하기 시작했다.

딱 죽지 않을 정도로만 약하게.

'아니, 딱 죽지 않을 만큼만 강하게지.'

막수가 그렇게 신나게 노진녕을 두들길 때.

노진녕은 무자비하게 얻어터지는 와중에도 반격의 기회를 노렸다.

'한 방만…….'

자신은 애초에 딱 한 방이 목표였다.

그랬기에 엉망이 되도록 얻어터지면서도 노진녕은 빈틈을 발견하고 주먹을 뻗었다.

툭—

막수는 순간 노진녕의 주먹이 자신의 보드라운 복부에 가볍게 닿는 것을 느끼고 고개를 갸웃거렸다.

[응?]

"……헤헤."

고개를 들자 노진녕이 잔뜩 얻어터진 얼굴로 헤벌쭉 웃으며 막수를 바라보고 있었다.

마치 자신이 이겼다는 듯한 눈빛.

막수의 볼이 푸들거렸다.

[이 미친…….]

막수는 빡쳤다.

말 그대로 뚜껑이 열려 버렸다.

막수가 만족스럽게 웃고 있는 노진녕을 허공에 집어던졌다.

그리고 날개를 퍼덕여 노진녕에게 달려들었다.

[뒈져! 뒈져라, 인간!]

퍼퍼퍼퍽—!

가죽 북 두들기는 소리가 한참 동안 울려 퍼지고 아래에서 지켜보고 있던 척계광과 주호유는 고개를 절레절레 저었다.

'둘 다 미쳤군.'

자신보다 강한 상대임을 뻔히 알면서도 굳이 상대를 도발한 노진녕도 정상 같아 보이지는 않았고, 별것 아닌 사소한 일에 지나칠 정도로 분노하는 저 토끼도 정상이 아니었다.

하지만 그들과는 상관없이 막수와 노진녕은 진지했다.

그렇게 노진녕은 선우초린 일행과 합류했다.

*　　　*　　　*

초류향은 깨끗하게 씻고 나와서 옷을 갈아입었다.

이제 거의 다 왔다.

목적지인 정도맹과는 정말 지척까지 온 것이다.

그리고 이 정도까지 왔으면 적들도 움직일 수밖에 없다.

'곧 끝난다.'

천하를 놓고 한판 승부가 벌어진다.

그리고 이번 싸움의 결과에 따라서 향후 백 년 무림의 미래가 결정될 것이다.

편안한 옷을 입고 가만히 앉아 있던 초류향은 문득 밤하늘을 올려다보았다.

'야황 어르신은 검황을 만나셨을까?'

야황 냉무기.

아무리 천마신교가 서둘렀다고는 하지만, 그는 혼자 이동했을 테니 분명 그들보다 더 빠르게 목적지에 도착했을 것이다.

'지금쯤이려나……'

야황과 검황.

둘은 이미 만났을 가능성이 높았다.

사실 초류향은 그 역사에 남을 만한 승부를 곁에서 지켜보지 못하는 게 무척 아쉬웠다.

'아마 모두가 그럴 것이다.'

마황 공손천기와 검황 백무량의 승부처럼 모두에게 공개된 곳에서 승부가 벌어졌더라면 얼마나 좋았을까?

'하나 그건 정도맹이 원하지 않는 그림이겠지.'

검황 백무량이 야황 냉무기에게 발목이 잡혀 있는 동안 초류향은 완전히 자유로워지게 된다.

그를 막을 수 있는 고수가 아무도 없었다.

초류향 하나 때문에 전황이 정도맹 측에 압도적으로 불리하게 흘러갈 수도 있는 것이다.

'이제 어떻게 나올까?'

급한 마음에 냉파천을 인질로 잡아 야황을 유인한 것은 사실 정도맹 측 입장에서 보자면 어쩔 수 없는 선택이기도 했다.

문제는 그 이후다.

'백무량은 이제 당분간 움직이지 못한다.'

이기든 지든.

그가 한동안 행동 불능 상태가 된다는 사실은 거의 확실했다.

그 시간이 얼마나 될지는 모르지만 한 가지 명확한 것이 있었다.

'분명 정도맹이 무너지기에는 부족하지 않은 시간일 터.'

이제 정도맹이 만들어 놓은 모든 것은 산산이 부서질 것이다.

벽돌 하나, 나무 기둥 하나도 남겨 줄 마음이 없었다.

철저하게 짓밟을 생각이었다.

초류향이 그렇게 밤하늘을 보며 다짐하고 있을 무렵.

냉무기는 냉파천이 인질로 잡혀 있는 장원에 도착했다.

끼이익—!

소리도 없이 대문이 열리고 그 안으로 당당히 걸어오는 노인.

무덤덤하고 냉막한 표정의 노인은 망설이지 않고 앞으로 걸어갔다.

그렇게 얼마나 걸어갔을까?

쐐애애액—!

장원의 중심부에 이르자 엄청난 숫자의 화살과 암기들이 쏟아져 왔다.

하지만 그것들은 냉무기에게 아무런 해도 끼치지 못했다.

투두두둑—

정확하게 그의 발치 앞에서 힘을 잃고 떨어져 내린 것이다.

냉무기는 장원에 들어선 뒤 단 한 번도 걸음을 멈추지 않았다.

그는 마치 길을 잘 알고 있는 사람처럼 자연스럽게 장원의 제일 깊숙한 지하로 내려가기 시작했다.

뚜벅뚜벅—

한참을 내려가 도달한 지하의 가장 구석.

그곳에 도착해서 야황 냉무기가 본 것은 비참한 몰골을 하고 있는 그의 친아들이었다.

"으우우! 아으우!"

냉파천은 쇠사슬에 묶인 채 필사적으로 무언가를 말하려 했다.

하지만 그의 입에는 재갈이 물려 있어서 정확한 단어가 흘러나오지 않았다.

냉무기는 침착한 눈으로 자신의 아들을 바라보다 천천히 그에게 다가갔다. 가까이 다가가면 다가갈수록 냉파천의 눈빛이 간절하게 바뀌며 전신이 크게 요동쳤다.

촤르륵—

그 격렬한 태도에 냉무기는 본능적으로 위험을 감지했다.

하지만…….

그는 우선 제자리에 멈춰 서서 담담하게 입을 열었다.

"나도 알고 있다. 이곳에 무언가 함정이 있음을. 하지만 걱정 마라. 너는 털끝 하나도 다치지 않을 것이다."

"……!"

"겁을 먹지도 두려워하지도 마라. 내가 네 곁에 있다."

냉무기는 동요하는 냉파천을 안정시킨 후 다시금 그에게 가까이 다가갔다. 그리고 냉파천의 전신을 속박하고 있던 쇠사슬을 끊었다.

촤라락—!

쇠사슬이 끊어짐과 동시에 바닥에서 갑자기 밝은 빛이 폭발하듯이 뿜어져 나왔다.

第六章

가벼움

　폭음이 터지고 나서 제일 먼저 그 자리에 나타난 사람은 백무량이
었다.

　"이 무슨 바보 같은⋯⋯."

　그는 야황 냉무기가 왔다는 소식을 듣자마자 곧장 움직였다.

　즐거웠다.

　그를 만날 생각에 백무량은 부끄럽게도 소년처럼 들떠 있었다.

　오랫동안 미뤄 두었던 숙제.

　그것이 조만간 결정 나니까.

　한데 냉무기가 기다리고 있을 장원으로 가는 도중에 멀리서부터 폭
발음이 들리더니 바닥이 가늘게 떨려 왔다.

　'내가 더 서둘렀어야 했다.'

현장에 도착하자마자 백무량이 본 것은 무너진 장원과 완전히 함몰되어 버린 지하 미로였다.

"상관중달……."

그는 머리가 비상하게 좋은 자다.

대단히 유능한 사람이기도 하다.

한데 그는 때로 가슴이 시키는 대로 움직여야 할 때가 있다는 것을 모른다.

너무 머리로만 세상을 살려고 하는 것이다.

'나를 믿지 못한 것이냐?'

아마 그는 확실한 무언가를 원했을 것이다.

이해한다.

불안하기도 했겠지.

하나 아무리 그래도 이런 방식은 아니었다.

폭약이라니?

"빌어먹을……."

백무량의 얼굴이 험악하게 굳을 때 저 멀리 바닥이 작게 움찔거렸다.

백무량이 그곳으로 시선을 돌렸다.

꿈틀—

바닥이 계속 움찔움찔 떨리더니 무언가가 돌무더기를 뚫고 곧장 하늘로 치솟았다.

군데군데 찢긴 옷 조각.

입가에 가느다란 피를 흘리는 노인.

"야황!"

백무량은 기쁜 얼굴을 해 보였다.

그 정도의 폭발 속에서 무사한 것도 놀라웠지만 더욱 놀라운 것은 야황의 품에 안겨 있는 사람이었다.

냉파천.

그는 벌거벗겨진 채 고문을 당한 흔적은 있어도 폭발에 의한 상처는 전혀 없었다.

펄럭―

냉무기는 바닥에 내려서자마자 자신의 겉옷을 벗어 친아들에게 주었다.

"입어라."

냉파천은 아버지가 건네는 옷을 받아 들며 전신을 가늘게 떨었다.

살아 있다는 것이 아직도 실감이 나지 않았다.

정말 말도 안 되는 폭발 속에서 살아나온 것이다.

대충 옷을 걸치던 냉파천은 자신도 모르게 그의 아버지를 붙잡았다.

"아버지…… 설마 그 몸으로 검황과 싸우실 생각은 아니시죠?"

냉무기는 담담한 눈으로 그의 아들을 바라보았다.

늘 바보 같아, 멍청한 행동을 할 때마다 답답했지만 냉무기는 한 번도 그를 내치지 않았다.

하나 지금 냉무기는 단호하게 그의 손을 풀어내며 말했다.

"가라. 여기서부터는 이제 내가 해야 할 일이다."

"아버지!"

냉파천은 버럭 소리쳤다.

고문으로 만신창이가 된 몸이었지만 그의 몸에서 뿜어져 나오는 것은 내력과는 다른 느낌의 격정이었다.

하지만.

턱—!

냉무기는 자신을 걱정하는 아들의 어깨에 손을 올리며 말했다.

"오랜 기다림의 끝이 바로 눈앞에 와 있다. 몸이 조금 불편한 걸 핑계로 뒤로 미룰 수는 없지. 안 그런가, 검황."

백무량은 냉무기를 조용히 바라보았다.

냉무기 역시 그를 바라보았다.

그렇게 서로 얼마나 응시하고 있었을까?

백무량이 씁쓸하게 웃었다.

"미안하게 되었다. 이번 일에 내가 관여하지 않았다고 한다면 믿겠나?"

냉무기는 고개를 끄덕였다.

믿는다.

지금 백무량의 눈을 보면 알 수 있다.

순수한 대결을 기다리고 있던 무인의 눈이니까.

믿지 않을 수가 없었다.

냉무기는 가볍게 목 뒤를 주물럭거리며 말했다.

"아들은 무사히 보내 주겠나?"

"물론. 내 명예를 걸지."

백무량이 강한 어조로 확약하자 냉무기는 고개를 끄덕였다.

저 멀리 숨어서 이쪽을 지켜보고 있는 시선들이 느껴졌다.

'상관중달······.'

그가 지켜보고 있을 것이다. 지금 이 상황을.

그리고 그들 역시 백무량의 약속을 들었을 터.

야황 냉무기는 고집을 부리고 있는 아들을 바라보며 입을 열었다.

"이제부터 네가 할 일이 있다."

"아버지와 함께가 아니면 돌아가지 않겠습니다, 저는."

반항심 가득한 목소리.

한데 냉무기는 의외로 순순히 고개를 끄덕였다.

"그렇다면 돌아가지 않아도 좋다."

너무도 편안한 대답에 냉파천은 얼굴을 일그러뜨렸다.

안 좋은 예감.

"이제부터 있을 싸움의 모든 것을 똑똑히 지켜보아라. 그리고 그 아이에게 전해 주거라. 너에게는 그럴 의무가 있다."

냉파천은 표정 관리를 하지 못했다.

그는 냉하영에게 결과를 전달해 주기 위해서 이곳에 남으려고 했던 게 아니다.

냉무기를 설득해서 이곳을 벗어나려고 했던 것이다.

하나 냉무기의 눈을 본 냉파천은 전신에서 썰물처럼 기운이 빠져나가는 것을 느꼈다.

'이미 각오를 다지셨다.'

한번 이런 눈을 한 아버지는 멈출 수가 없었다.

냉파천이 절망적인 얼굴을 할 때.

냉무기는 그에게서 몸을 돌렸다.

그리고 천천히 백무량에게 다가갔다.

우우웅—

걸어가는 동안 냉무기의 전신에서 구름처럼 기운이 일어나 그의 상처들을 빠르게 치유했다.

화경의 경지 저 너머.

그곳에 도달한 초인이 바로 냉무기였다.

"바로 시작하지."

냉무기가 말하자 백무량은 웃었다.

정말로 강한 상대를 앞에 뒀다는 사실이 기뻤기 때문이다.

강한 상대를 맞이하기 위해 백무량 역시 전신을 빠르게 점검했다.

그리고 고개를 끄덕였다.

"자네를 만나 정말 행복하군. 공손천기와 같은 막연한 괴물이 아니라 인간미가 있어 줘서 고맙네."

백무량의 농담에 냉무기의 무덤덤한 얼굴에도 변화가 생겼다.

그것은 기쁨이었다.

"나 역시 마찬가지다."

둘은 서로를 바라보는 순간 알았다.

상대방의 수준이 어느 정도인지.

어디까지 도달했는지 빠르게 읽어 내려간 것이다.

그리고 그것이면 서로 간의 긴 대화나 소개는 따로 필요 없었다.

'이미 나는 눈앞에 있는 상대에 대해 그 누구보다도 잘 안다.'

둘은 마주 보고 있는 것만으로도 아주 오래된 지인이나 연인보다
더 깊이 상대방을 이해해 버렸다.

하나 불행히도 둘 중 하나는 오늘 이곳에서 죽어야만 했다.

'세상에서 나를 가장 잘 이해하는 사람을 죽여야 하는 것.'

백무량은 생각을 멈추고 냉무기를 향해 손을 뻗었다.

빛이 번뜩이고 둘 사이의 빈 공간에 엄청난 구멍이 생겨났다.

쿠콰콰쾅—!

폭음과 함께 둘은 뒤로 급격하게 밀려났다.

백무량은 자신의 손끝에서 느껴지는 엄청난 반발력에 기쁨과 함께
진한 슬픔이 밀려옴을 느꼈다.

그건 매우 생소하면서도 이상한 기분이었다.

마치 이 세상에서 가장 소중한 친구를 자기 손으로 죽여야 하는 듯
한 느낌이 들었던 것이다.

'감정에 휩쓸리지 말자.'

동요하면 안 된다.

흔들려서도 안 된다.

저런 최고의 고수를 상대함에 있어서 조금이라도 미흡함이 있어선
곤란했다.

'죽어도 좋다.'

오늘 상대방의 손에 죽어도 좋았다.

하지만 자신이 가지고 있는 모든 것을 온전하게 털어 보여 주지 못하고 죽는 것은 싫었다.

우드득—!

백무량 양손의 근육이 터질 듯이 부풀어 오르고 그곳에서 빛의 검이 만들어졌다.

그리고 그것은 멀찍이 떨어져 있는 냉무기의 허리와 목을 동시에 베어 갔다.

피피피핏—

바람 가르는 소리와 함께 냉무기 역시 빛이 번뜩이는 손을 휘저었다.

둘은 그렇게 서로 간에 얼마쯤의 거리를 두고 미친 듯이 손을 휘저었다.

'거리는 대략 백 장(삼백 미터) 정도.'

냉파천은 숨을 죽이고 두 초인의 싸움을 지켜보았다.

야황과 검황 앞에서 거리 따위는 이미 무의미했다.

하나 둘은 점점 거리를 좁혔다.

양손을 휘저으며 서로를 향해 천천히 가까워지던 그들의 허리춤에서 지금까지와는 전혀 다른 색깔의 불기둥이 솟구쳤다.

'이기어검술!'

각자의 허리춤에서 뽑혀 나온 검이 묵직한 빛을 번뜩이며 제멋대로 날아다니기 시작했다.

콰콰콰쾅—!

엄청난 폭발음과 함께 강기의 덩어리들이 사방으로 튀기 시작했다.

냉파천은 그 엄청난 광경에 경악해서 서둘러 뒤로 더 물러났다.

저런 것들에 스치면 몸이 절단 날 것을 알았기 때문이다.

'이게 바로 초인들의 싸움이라는 건가?'

냉파천이 거리를 벌린 후 넋을 놓고 지켜볼 때.

허공에서 부딪치던 검의 움직임이 점점 빨라지기 시작했다.

자연스럽게 강기의 덩어리들이 사방으로 흩어지면서 그들의 시야
가 강기의 파편으로 완벽하게 가려지는 그 순간.

'지금.'

백무량이 의지를 모아 심검을 휘둘렀다.

공격을 하는 도중에 심검을 뽑아 든 것이다.

뿌드득—

내장이 꼬이는 듯한 고통이 느껴졌다.

이런 방식은 백무량에게도 상당히 무리한 공격이었다.

그래도 효과는 확실했다.

심검은 정면을 막아서고 있던 강기의 파편들을 단번에 쪼개 버리며
냉무기의 몸을 꿰뚫을 기세로 날아갔다.

하나 백무량은 최후의 순간 낮게 이를 갈며 뒤로 물러서야 했다.

스아아악—!

그가 몸을 피함과 동시에 조금 전까지 그가 서 있던 자리에 깊이가

가늠되지 않는 구멍이 생겼다.

냉무기 역시 자신과 똑같은 공격을 펼친 것이다.

'심지어 저쪽이 더 빨랐다.'

백무량은 조금 전 바로 코앞까지 다가왔다가 사라진 죽음에 대한 공포 때문에 자신도 모르게 툴툴 웃어 버렸다.

'이건 너무 즐겁지 않은가?'

공손천기를 만나기 전까지는 죽음에 대한 공포를 단 한 번도 느껴 본 적이 없던 백무량이다.

늘 무료하고 지루한 삶의 반복.

한데 지금 다시 죽음에 대한 공포를 느끼게 되었으니 얼마나 기쁜가?

'나는 이런 자극이 필요했다.'

백무량은 술이나 여자, 도박 같은 것에 별반 흥미를 느끼지 못했다.

'오로지 검.'

평생 검 하나만을 바라보고 달려왔다.

그리고 공손천기 이후로는 그 즐거움마저도 사라져 가고 있었다.

그러던 중.

이렇게 냉무기를 만났다.

마치 자신의 거울을 보는 듯한 느낌.

'너라면 내가 얼마든지 무리해도 되겠지.'

초류향?

천마신교?

그딴 건 이미 머릿속에서 지워 버린 지 오래다.

'사제에게는 미안하지만…….'

지금 이 순간만큼은 유설빈의 복수라든가 하는 감정조차도 그의 뇌리에서 깨끗이 사라져 있었다.

어떻게 해야 눈앞에 있는 적을 죽여 버릴 수 있을지, 오로지 그것만을 생각하며 머리카락 한 올까지 총동원해서 집중하고 있었다.

파악—

먼저 움직인 것은 냉무기였다.

그는 손에 검을 쥔 채, 한 치의 망설임도 없이 앞으로 달려 나왔다.

백무량 역시 검을 손에 들고 달려들었다.

'짐승처럼 날카로운 이빨과 손톱으로 놈을 부순다.'

콰가가각—

검과 검이 부딪치고 불꽃이 튀었다.

이들처럼 최고 수준의 무학을 펼칠 때 가장 중요한 것은 엄청난 내력이나 강력한 무공 따위가 아니었다.

'기존의 상식을 완벽하게 파괴할 수 있는 창의력.'

둘 모두 육체나 내력은 인간이 구현할 수 있는 한계치까지 사용할 수 있는 상태였다.

'그렇다면…….'

기존의 무공에 대한 고정 관념들을 부술 수 있는 압도적인 무언가가 필요했다.

상식적으로는 이해하기가 힘든 무공.

그 누구도 예측할 수 없을 만큼 창조적인 행동이어야 상대가 대응할 수 없을 테니까.

제일 먼저 그것을 시도한 것은 백무량이었다.

콰콰쾅—!

백무량은 잠시 거리를 벌린 후 다시금 달려들면서 냉무기의 발밑에 내력을 모아 터트렸다.

냉무기의 신체에는 아무런 피해를 줄 수 없을 만큼 아주 미약한 내력.

하지만 그가 발을 내딛는 바닥을 무너뜨리는 것쯤은 충분히 가능했다.

흔들—

지반이 무너지자 냉무기의 신형이 아주 살짝 흔들렸다.

백무량의 눈이 번뜩였다.

'바로 이것이다.'

아주 작은 흔들림.

지금과 같은 상태라면 아주 작은 빈틈으로도 승부가 갈릴 수 있었다.

촤아아아—!

절대 무적인 심검이 휘둘러지고 동시에 백무량은 전력을 다해 검을 찔러 넣었다.

승부수를 던진 것이다.

그것을 지켜보는 냉무기의 눈은 평소와 똑같이 침착하고 고요했다.

*　　*　　*

작은 날개를 달고 있는 토끼.

막수를 바라보며 주호유는 속으로 연신 감탄했다.

'귀, 귀엽다.'

무지막지한 힘을 가지고 있는 괴물 주제에 외형이 저렇게 귀여우니 이 얼마나 파격적인 괴리감인가?

맨 처음 척계광에게 토끼를 조심하라는 경고를 들었을 때만 해도 주호유는 그게 무슨 소리인가 했다.

'근데 정말로 토끼가 저렇게 험악할 줄은 상상도 못 했지…….'

노진녕을 동네북처럼 두들겨 패던 그 모습이 아직도 잊히지 않았다.

귀여운 용모와 상반되는 포악성.

주호유는 마차 안에서 고개를 절레절레 저었다.

[너 아까부터 자꾸 신경 거슬리게 할래?]

막수가 눈썹을 꿈틀대며 으르렁거리자 주호유는 대번에 꼬리를 내렸다.

"죄송합니다, 어르신. 제가 호기심이 많아 실수를 했습니다."

곧장 굽실거리며 사과하는 주호유를 보고 막수는 언짢은 말투로 입을 열었다.

[알고 싶은 게 많으면 일찍 죽는 법이다, 인간.]

"앞으로 조심하겠습니다."

주호유가 그 특유의 사람 좋은 웃음을 입가에 그리며 뒷머리를 긁적이자 막수는 주호유에게서 관심을 껐다.

그러다 정면을 바라보며 입을 열었다.

[이제 얼마나 걸리느냐?]

막수의 맞은편 자리에는 부상당한 노진녕이 누워 있었다.

그는 전신에 붕대를 동여맨 상태로 입을 열었다.

"사흘 정도면 도착할 겁니다."

[금방이군.]

"헤헤, 그렇죠."

노진녕은 막수에게 죽어라 얻어터졌지만 의외로 회복이 빨랐다.

그럴 수밖에 없는 것이 막수가 아프긴 해도 상처가 오래가지 않는 곳만 골라 때렸기 때문이다.

막수 입장에서 노진녕과의 대결은 단순한 몸풀기에 가까웠다.

노진녕은 마차 구석에서 공손아리와 딱 붙어 있는 선우초린을 힐끔거리며 연신 행복한 얼굴을 해 보였다.

'예쁘다. 정말 예쁘다.'

죽어라 얻어터지고, 토끼에게 종처럼 부림을 당하며 시중을 들고 있었지만 노진녕은 지금 몹시 행복했다.

'그냥 이대로 영원히 도착 안 했으면 좋겠다.'

천마신교에 도착하지 않고 계속 이렇게 이동하면 앞으로도 쭉 선우초린과 같은 공간에 붙어 있을 것 아닌가?

하나 막상 거기까지 생각하니 초류향에게 너무 미안했다.

'주군이냐, 사랑이냐. 그게 고민이로구나!'

늘 단순하게만 살아왔던 노진녕이었지만 선우초린 앞에서는 그답지 않게 생각과 고민이 많아졌다.

그만큼 노진녕은 선우초린이 좋았다.

하나 그런 노진녕을 바라보는 선우초린은 그저 혐오스러울 뿐이었다.

'아오, 저 자식을 그냥⋯⋯.'

성격 같아서는 당장이라도 면상에 주먹을 날리고 싶었지만 참아야 했다.

저 변태 놈은 그녀와 비교도 할 수 없는 경지의 고수였고, 토끼 괴물에게 그렇게 두들겨 맞고도 살아남는 엄청난 맷집을 자랑하는 놈이었다.

도저히 함부로 대할 수가 없었다.

'무공을 익혀야 해⋯⋯.'

성격을 죽이고 이렇게 속으로만 끙끙 앓으려니 화병이 생길 것만 같았다.

선우초린이 다시 한 번 머릿속으로 무공 수련에 대한 열의를 불태우고 있을 때.

막수가 입을 열었다.

[어이, 거기 인간. 근데 네놈은 대체 정체가 뭐냐?]

마차의 가장 구석.

주호유보다 더 구석에 앉아 있던 척계광은 잠시 움찔했지만 짐짓 못 들은 척 눈을 감고 있었다.

그러자 막수가 코끝을 씰룩이며 말했다.

[거기 덩치 크고 털 많은 인간. 문짝에 쥐새끼처럼 붙어 있는 네놈을 말하는 거다.]

막수가 콕 집어서 자세하게 설명하자 척계광은 머쓱한 얼굴로 눈을 떴다.

이동하는 내내 최대한 존재감을 죽이고 막수의 시야에서 멀어지려 노력했다.

며칠 동안은 그게 통한다 여겼는데 결국 이렇게 막수의 관심을 끌어 버리고 만 모양이다.

"무슨 일이오. 토 선생."

[그동안 쭈욱 지켜봤는데 말이야, 네놈 아무래도 수상해서.]

척계광은 이놈과 되도록 얽히고 싶지 않았다.

귀여운 외모에 속으면 곤란했다.

전장에서 오랜 기간 다져진 척계광의 본능은 정확하게 막수를 꿰뚫어 보고 있었다.

'위험한 놈이다.'

그것을 알았기에 최대한 막수의 심기를 건드리지 않는 선에서 입을 열었다.

"오해하지 마시오. 나는 수상한 사람이 아니오, 토 선생."

[아니야, 너는 아주 수상한 놈이다.]

막수는 자리에서 일어섰다.

그리고 날개를 접은 채 깡총거리며 뛰어가 척계광의 맞은편 자리에 앉았다.

척계광은 부담스러웠다.

막수와 눈을 마주치고 있자니 말로 설명할 수 없을 만큼 거북했던 것이다.

[네놈 왜 그렇게 웅크리고 있지? 실제 몸뚱이는 지금보다 몇 배는 크면서.]

웅크리고 있다?

그게 무슨 말일까?

막수는 의아해하는 척계광의 무릎에 올라타며 척계광을 올려다보았다.

그 맑고 투명한 시선에 척계광은 긴장했다.

이런 시선은 항상 남들이 보지 못하는 것을 보곤 했으니까.

[설마 네놈은 내단이 깨졌다고 그동안의 공덕도 모두 깨어졌다고 착각하고 있는 것이냐?]

척계광은 얼굴을 굳히고 막수를 똑바로 내려다보았다.

그리고 복잡한 표정으로 입을 열었다.

"내단은 단전을 의미하는 것이오?"

[우매한 인간들은 그걸 그렇게 부르지.]

"그동안의 공덕이라는 것은…… 그럼 무공을 의미하는 것입니까,

토 선생?"

막수는 척계광을 바라보았다.

척계광의 얼굴은 어느새 진지해져 있었고, 그 안에서 어떤 간절함마저 엿보였다.

막수는 척계광의 깨어진 단전 부근에 자신의 두루뭉술한 손을 올려놓으며 입을 열었다.

[공덕은 애초부터 이곳에 있는 게 아니다. 네놈 영혼에 직접 새겨지는 것이지. 이곳에 존재했던 것은 그 흔적일 뿐.]

"……!"

척계광은 자신도 모르게 입을 벌렸다.

지금 막수의 말에서 초상승의 깨달음을 발견한 느낌이 들었던 것이다.

막수는 조용히 척계광을 지켜보다 기운을 모아 마차를 멈춰 세웠다.

드드득―!

마차를 끌고 있던 말이 제자리에 멈춰 서더니 그 자리에서 한 발자국도 움직이지 않았다.

막수는 거기에서 그치지 않고 힘을 조금 더 끌어와 주변과 척계광을 완벽하게 격리시켰다.

그 상태에서 막수가 물었다.

[인간은 항상 이렇게 어리석다. 스스로가 가진 것조차도 제대로 다루지 못하지. 너도 그런 어리석은 인간이더냐?]

척계광은 고개를 저었다.

차츰 그의 시선이 멍하게 풀어졌다.

막수에게 들은 간단한 말들이 머릿속에서 어지럽게 풀어헤쳐지고 있었다.

단어와 단어.

그 속에 담겨 있는 의미가 자기들끼리 복잡하게 뒤섞이며 척계광 내부의 부서지고 갈라진 육신을 빠르게 치유하기 시작했다.

"이건……."

선우초린과 노진녕의 눈에 경악이, 그 후 차츰 경외심이 깃들기 시작했다.

막수가 만들어 놓은 투명한 막.

그 안쪽에서 벌어지는 엄청난 변화를 알아보고 놀라 버린 것이다.

'깨달음을 얻고 있다.'

척계광은 고수였다.

부상을 당하기 전에는 삼황급에 비견된다는 소리를 듣던 고수가 바로 그 아니었던가?

한데 그 정도의 고수가 얻는 깨달음이라는 건 과연 어느 정도일까?

상상이 가지 않았다.

그렇게 척계광은 생각지도 못한 곳에서 기연을 맞이하고 있었다.

*   *   *

냉무기는 자신을 향해 덮쳐 오는 백무량의 엄청난 공격들을 무감각
하게 바라보았다.

　'어떻게 나올 것이냐?'

　백무량은 이것으로 이미 승부가 결정되었다고 여겼다.

　한데 이 환상적인 공격을 맞이하는 냉무기의 얼굴에는 조금의 두려
움이나 걱정도 보이지 않았다.

　그저 냉무기는 앞으로 뻗어 가던 검에 힘을 주었을 뿐이다.

　그러던 어느 순간.

　파사삭—

　냉무기가 뻗은 검에 균열이 가더니 그것이 곧장 산산이 부서지며
백무량을 덮쳤다.

　검의 파편들.

　그것들이 전부 백무량을 뒤덮어 버린 것이다.

　백무량의 눈이 크게 뜨여졌다.

　파파파팍—

　백무량의 몸에 검의 파편들이 박히는 그 순간, 냉무기는 앞으로 뻗
었던 자신의 팔이 잘려 나가는 것을 느꼈다.

　백무량이 쏘아 보낸 심검에 깨끗하게 잘려 나간 것이다.

　하나 그는 처음부터 이것을 예상했다.

　'팔 하나는 내준다.'

　백무량 정도의 초고수를 아무런 희생 없이 멀쩡하게 이기겠다는 생
각은 애초에 욕심이다.

'불가능한 일이지.'

그렇다면 언제, 어느 순간 무엇을 포기할지 빠르게 판단을 내릴 수 있어야만 했다.

방금 백무량의 창의적인 공격에 냉무기는 빠르게 상황을 정리하고 그것에 반응했다.

그래서 팔 하나를 내주고 결정적인 순간을 쟁취하고자 했다.

사아악—!

냉무기의 심검이 휘둘러지고 백무량의 오른쪽 어깨가 깨끗하게 잘려 나갔다.

겨냥이 조금 빗나갔다.

다음 공격을 위해 움직이려는 순간 냉무기는 덜컥 움직임을 멈추고 얼굴을 찡그렸다.

'뭐지?'

내력이 원활하게 이어지지 않았다.

심검을 휘두른 직후 잠시 동안 냉무기는 전신이 화석처럼 굳어 버림을 느꼈다.

폭탄이 터졌을 때 입었던 내상이 하필 지금 이 순간 전신에 독물처럼 퍼진 탓이었다.

'이런……'

그 순간 냉무기는 백무량이 자리에서 힘들게 상체를 일으키는 것을 보았다.

냉무기의 시선이 복잡해질 때.

간신히 상체만 일으킨 백무량이 전신을 부들부들 떨면서 자신을 향해 심검을 쏘아 보내는 게 느껴졌다.

퍼억—

냉무기는 복부에서 느껴지는 고통에 천천히 시선을 내려 단전을 바라보았다.

뻥 뚫린 구멍.

치명상이었다.

"커헉……."

"아버지!"

냉무기는 바닥에 무릎을 꿇었다.

입으로 끊임없이 피를 토하며 백무량을 바라보던 냉무기는 씁쓸한 얼굴을 해 보였다.

"……졌다."

운도 실력이다.

하필 그 순간.

그 찰나의 짧은 순간 도져 버린 내상을 진정시키는 데에 너무 많은 것을 잃었다.

"아버지……."

냉무기는 자신을 붙잡고 채신머리없게 눈물 콧물을 줄줄 쏟고 있는 아들을 가만히 바라보았다.

멍청하고 무능한 아들이었지만 그래도 냉무기에게는 소중한 자식이었다.

그리고 죽기 직전인 이 순간.

마지막을 함께해 주는 유일한 가족이 아닌가.

"내가…… 아까 했던 말을 기억하느냐?"

냉파천은 죽는 그 순간에도 무덤덤한 어투인 아버지를 멍하게 바라보았다.

그러다 아까 그가 당부했던 말을 떠올리며 고개를 미친 듯이 끄덕였다.

"기억해요, 아버지. 기억하고말고요."

"네가 지금 본 것들을 하나도 놓치지 말고 네 딸아이에게 꼭 전해라. 그거면 된다."

냉무기의 목소리에서는 그 어떤 고통도, 심지어 슬픔도 느껴지지 않았다.

죽기 직전인 그 순간까지도 냉무기는 무덤덤했다.

"……아버지?"

그래서 냉파천은 기대해 보았다.

그의 아버지는 초인이니 이 정도 부상쯤은 훌훌 털고 일어날 수 있을 거라 여긴 것이다.

하나 냉무기는 눈을 감은 채 더 이상 움직이지 않았다.

"으어어, 우아아악!"

냉파천이 짐승의 신음처럼 비명을 질러 대고 있을 때.

저 멀리서 누군가가 다가왔다.

"결과가 나왔군."

상관중달.

그가 수하들을 이끌고 다가온 것이다.

냉파천이 그를 노려볼 때.

상관중달은 백무량에게 다가가 그에게 약을 복용시키며 말했다.

"이제 너는 쓸모를 다했다, 흑월회주. 본래라면 죽이는 게 맞겠지만…… 아까 검황 어르신이 한 말씀도 있으니 곱게 돌려보내 주지."

"네놈…… 네놈이 감히……."

냉파천은 당장이라도 튀어 나가고 싶은 충동을 겨우겨우 억눌렀다.

지금 그가 상관중달에게 달려들었다가 죽어 버리면 그의 아버지 시체는 누가 수습한단 말인가?

'불효를 저지를 순 없다.'

분노를 최대한 짓누르며 냉파천은 몸을 일으켰다.

그리고 본인 역시 부상당해서 몸도 제대로 못 가누는 주제에 그의 아버지를 등에 업었다.

턱—

등에 아버지를 업자마자 냉파천은 잠시 뻣뻣하게 굳은 채 멍청한 얼굴을 해 보였다.

상관중달이 의아한 시선으로 그를 살펴보다가 입을 열었다.

"무슨 문제라도 있나?"

"……."

"……설마?"

상관중달은 의심스러운 얼굴로 냉파천에게 다가왔다.

그리고 조심스럽게 냉무기의 맥박을 확인했다.

'뭐지? 확실하게 죽었는데?'

냉파천의 얼굴을 바라본 상관중달이 고개를 갸웃거리며 물었다.

"왜 그렇게 놀란 얼굴을 하고 있지?"

"……너무 가볍다."

"뭐?"

냉파천은 멍한 얼굴로 다시 한 번 중얼거렸다.

"아버지가…… 너무 가벼워……."

"그게 무슨……."

냉파천은 더 이상 말을 잇지 못하고 얼굴을 고통스럽게 일그러뜨렸다.

그는 그제야 냉무기의 죽음을 받아들였던 것이다.

심장이 난도질당하는 것처럼 아파 왔다.

먹먹한 가슴을 가까스로 달래며 냉파천은 천천히 걸었다.

천하를 움직였던 아버지의 놀라울 정도로 가벼운 무게를 온몸으로 느끼며 냉파천은 그렇게 처음으로 아버지와 오랜 시간을 함께했다.

第七章

진퇴양난

쏴아아아―

그날은 비가 내렸다. 비에 젖어 질척거리는 땅을 밟으며 이른 아침부터 누군가가 초류향이 있는 곳으로 찾아왔다.

아니, 정확하게는 냉하영을 찾아왔다.

"……아빠?"

냉하영은 그 사람을 보자마자 빠르게 뛰어갔다.

그녀의 아버지 냉파천.

그는 등에 메고 온 묵직한 관을 바닥에 조심스레 내려놓았다.

쿵―!

냉하영은 아무런 말을 하지 않았다. 냉파천도 아무런 이야기를 하지 않았다. 하지만 그냥 알았다.

어쩐지 그녀를 비롯한 이곳에 있는 모든 사람들은 그냥 알 수 있었다.

드륵——

냉하영은 관을 열어 안을 확인한 후 조용히 다시 덮었다.

그리고 잠시간의 시간이 지난 후 입을 열었다.

"백무량은 어떻게 되었어요?"

"……팔 하나가 잘리고 내상을 입었다."

냉파천의 말에 냉하영은 고개를 끄덕였다. 그러다 고개를 들어 하늘을 보았다. 하늘은 비구름이 가득해서 낮인데도 밤처럼 어두웠다.

빗물이 흘러서 얼굴 전체가 물기로 가득해졌다.

"……내 탓이다."

냉파천이 전신을 덜덜 떨며 자괴감 가득한 음성으로 말하자 냉하영은 조용히 그를 바라보았다. 그러다 말했다.

"맞아요, 아빠. 아빠 때문에 할아버지가 돌아가셨어요."

"…….."

냉파천의 얼굴이 일그러졌다.

딸의 음성이 잔인하게 그의 폐부를 후벼 팠다.

하지만 이것으로는 한참 부족했다.

지금 냉파천의 심정은 고작 이런 비난으로 무마할 수 없을 만큼 참담했으니까. 냉하영은 그 이상의 말은 하지 않았다.

그녀는 복잡한 표정으로 냉파천에게서 고개를 돌린 뒤 조금 떨어져 있던 초류향을 바라보며 말했다.

"……놈을 죽여 줘. 너는 이제 반드시 그래야만 해."

냉하영은 한 음절씩 또박또박 끊어서 말했다.

그녀의 냉철한 시선에는 깊게 정제된, 농도 짙은 분노가 깔려 있었다.

그것을 정면으로 마주한 초류향은 고개를 끄덕였다.

애초에 그의 손으로 모든 일을 끝낼 생각이었다.

그저 거기에 이유가 하나 더 추가되었을 뿐이다.

'백무량……'

초류향은 그가 야황을 이겼다는 사실 자체가 잘 믿기지 않았다.

하지만 받아들여야만 했다.

어찌 되었든 실제로 결과가 그리 나왔으니까.

초류향은 잠시 고민하다가 냉하영의 옆으로 다가가 조용히 입을 열었다.

"어르신의 마지막 모습을…… 확인해도 될까?"

냉하영은 고개를 끄덕였다.

초류향은 그럴 자격이 있었다.

그리고 그가 아무 이유 없이 행동하지 않을 것이라는 믿음도 있었다.

드륵—

관 뚜껑을 밀어서 열고 초류향은 냉무기의 마지막 모습을 조심히 살펴보았다.

특유의 무표정한 얼굴로 자는 듯이 누워 있는 야황.

그를 바라보는 초류향의 표정이 다채롭게 변했다.

'심맥이 조각조각 끊어져 있다.'

이상한 일이다.

단전이 이렇게 깔끔하게 파괴되면 몸 안의 모든 내력은 그 자리에서 단번에 활동을 멈춘다.

심맥이 이렇게 끊어질 이유가 없는 것이다.

한데 이것은 마치 강력한 공력에 의한 내상을 입은 상태에서 무리하게 싸운 것 같은 상태가 아닌가?

'장풍에 당한 건가?'

그것도 아니면 백무량이 암습을 가했던 것일까.

여러 가지 정리되지 않은 상황들이 머릿속에 어지럽게 그려졌다.

몇 가지 가설을 세워 봤지만 딱히 '이거다' 싶은 것이 없었다.

'뭔가 이상하다.'

딱 꼬집어서 무어라 말할 순 없지만 분명 거슬리는 부분이 있었다.

이해가 되지 않는 상황에 초류향이 혼란스러운 얼굴을 할 때.

그의 뒤에 서 있던 시엽이 몸을 휘청거렸다.

"스승님……."

시엽의 얼굴에 괴로움이 떠올랐다.

냉하영이 그런 시엽의 손을 잡아 갈 때.

냉파천이 입을 열었다.

"아버지는 날 보호하다가 돌아가셨다."

보호하다가 돌아가셨다?

냉파천의 말을 듣는 순간 초류향의 눈빛이 차갑게 번뜩였다.

"정도맹이 인질을 잡은 채 어르신을 협박한 겁니까?"

초류향의 질문에 냉파천이 고개를 저었다.

그리고 낮게 이를 갈며 말했다.

"나를 미끼로 폭약을 터트렸지. 아버지는 나를 보호하다가 내상을 입으셨다."

"아……!"

초류향은 그제야 모든 의문이 한 번에 풀리는 것을 느꼈다.

그리고 다시 야황의 시신을 내려다보았다.

'그랬군.'

냉무기는 처음부터 엄청난 내상을 입고 백무량과 싸운 것이다.

막강한 무공으로 내상을 억누르고 분산시켰지만, 결국 그것에 발목이 잡혀서 승패가 갈린 것일 터.

'어르신은 자존심 때문에 돌아가신 겁니다.'

몸 상태가 좋지 않은 상황에서 그런 초강자와 붙는다는 것은 분명 어리석은 선택이다.

초류향이라면 절대 그렇게 하지 않았을 것이다.

'그랬기에 당신이 대단한 것이겠지만…….'

스스로의 불리함을 알고서도 물러서지 않는다는 것은 무모하고 어리석지만, 그렇기 때문에 보여 주는 바도 있었다.

"백무량은 틀림없이 모르고 있었을 거다."

"무엇을?"

"어르신의 몸 상태가 이렇게까지 엉망이었음을, 그는 분명 몰랐을 거다."

검황은 지금 착각하고 있을 것이다.

실력으로 야황을 죽였다고.

그러니 알게 해 줄 필요가 있다.

본인이 실력으로 냉무기를 꺾은 것이 아님을.

이제부터 초류향이 그것을 증명해야 한다.

"정도맹의 움직임은 어떻지?"

"최대한 병력을 뒤로 물리고 있어. 그렇지만 잡아채야 해."

놈들의 정비가 끝날 때까지 기다려 줄 생각은 없었다.

지금이 바로 놈들을 무너뜨릴 절호의 기회니까.

초류향은 눈을 빛내며 말했다.

"올 생각이 없다면 우리 쪽에서 가면 되겠지."

백무량이 있든 없든 상관없었다.

오늘 최대한 놈들과의 거리를 좁혀 부숴 줄 생각이었다.

"오늘 밤에 놈들을 친다."

오늘 밤은 정도맹의 무인들에게 평생 잊을 수 없는 악몽이 될 것이다.

*   *   *

냉하영은 밤이 될 때까지 긴 시간 동안 말 없는 냉무기와 함께 있었다.

그녀의 할아버지.

냉무기의 삶을 하나둘 떠올려 보며 냉하영은 중얼거렸다.

"이렇게 조급하게 떠나실 필요는 없으셨어요, 할아버지……."

그녀의 할아버지 야황 냉무기.

그는 한 시대를 풍미한 위대한 무인이자, 사파 무림을 지탱하는 든 든한 기둥이었다.

그가 이룬 업적들은 모두가 엄청난 것들뿐이라 하나하나 열거할 수 없을 정도였지만, 정작 혈육에게 있어 그는 너무도 무정한 사람이었다.

'사람이 완벽할 수는 없겠지…….'

냉하영은 처음에 할아버지를 그렇게 이해했다.

바깥일에만 관심이 많고 가족에게는 신경 쓰지 않는 냉정한 사람.

한데 최근에는 그게 아니라는 것을 알게 되었다.

'단지 표현이 서툴렀을 뿐이야, 할아버지는…….'

조금씩 조금씩 할아버지에 대해 알아 가고 있는 시점이었다.

그의 서투른 표현 방법을 이해하고, 이제는 어느 정도 익숙해진 부 분들도 있었다.

"시간이 더 있었다면 좋았을 텐데……."

너무 아쉬웠다.

이제야 할아버지의 감정을 읽고, 이해하게 되었는데…….

하지만 슬퍼하고 있을 수만은 없었다.

지금은 할아버지의 죽음을 슬퍼할 때가 아니라 분노해야 할 때였으 니까.

냉무기의 관을 옆에 두고 냉하영은 창밖을 보았다.

쏴아아아—!

아직도 밖은 비가 내리고 있었고, 그 빗소리에 섞여서 사람들이 분주하게 움직이는 소란스러움이 느껴졌다.

"할아버지의 죽음은 결코 헛되지 않을 거예요."

지금 밖에서 들려오는 여러 가지 소리는 세상이 바뀌어 가는 소리였다.

기존의 질서를 완전히 무너뜨리고 새로운 질서를 정립하려면 많은 것들이 바뀌어야만 하니까.

천마신교와 흑월회는 철저하게 준비해서 완벽하게 정도맹을 무너뜨릴 것이다.

'그리고 완전하게 융합되어 있는 하나의 세상을 만들 거야.'

이제 백무량은 정도맹의 전력이 아니라고 봐도 좋았다.

야황과의 승부에서 치명상을 입었고, 적어도 당분간은 움직일 수 없을 테니까.

그렇다면 승부는 이미 결정 난 것과 다름이 없었다.

'많은 사람들이 죽겠지…….'

하지만 당연히 그래야 하는 것이다.

기존의 것들을 그대로 유지하면서 완전히 새로운 무언가를 만든다는 것은 불가능하다.

다행히 냉하영과 초류향은 대단히 젊었고, 그들에게는 아무것도 없는 것에서부터 새로운 세상을 만들 힘이 있었다.

"그곳에서 지켜보고 계세요, 할아버지. 제가 바꿔 가는 세상을……."

초류향은 분명 믿을 만한 사람이었다.

세상을 바꾸기 위해 그를 선택한 그녀의 판단은 정말로 훌륭했다.

초류향은 냉하영이 여자라고 해서 그녀를 무시하지 않았고, 다른 문파 소속이라는 이유로 쓸데없이 경계하지도 않았다.

항상 이성적으로 판단해서 옳다고 여겨지면 그것을 망설임 없이 밀어붙였다.

'초류향에게는 비합리적인 이유로 차별하지 않고, 이성적으로 판단하는 눈과 머리가 있어.'

초류향은 지도자로서 반드시 가져야만 하는 '분별력'과 '판단력'을 가지고 있었다.

그리고 그에게는 사람을 끌어당기는 매력이 있었다.

다음 세대를 이끌고 나갈 자격이 충분한 셈이었다.

그런 초류향 본인도 물론 대단하지만 그동안 곁에서 그를 지켜본 냉하영은 다른 의미로 그가 부러웠다.

'가만히 초류향의 주변을 지켜보니 부러울 정도로 좋은 사람들이 많았어.'

냉하영은 입술을 깨물었다.

흑월회는 그녀의 할아버지인 냉무기를 제외하면 일을 맡을 만한 인재가 없었다.

할아버지였던 야황이 죽은 지금.

냉하영은 쓸쓸하지만 흑월회가 그다지 오래 유지되지 못할 것임을 미리 내다보았다.

그녀는 생각을 계속 이어 나갔다.

'초류향보다 더 대단한 것은 역시 공손천기야. 초류향의 성공은 공손천기라는 거목이 이뤄 놓은 토대가 훌륭했기 때문이니까.'

전대 교주였던 절세신마 공손천기.

사실 초류향이 천하 제패를 꿈꿀 수 있었던 것은 절세신마 공손천기가 천마신교를 워낙 굳건하게 다져 놓은 덕분이 컸다.

그동안 초류향이 일을 진행함에 있어서 여러 흔들림과 실패들이 있었지만, 그 모든 것들을 넘어설 수 있게 해 준 것은 분명 뿌리 깊게 내실을 다진 공손천기의 보이지 않는 단단함이었다.

'아무튼 이제 중원은 바뀔 거야.'

야황의 죽음은 시작에 불과했다.

과거의 사람들은 물러나고 새로운 시대가 열린다는 것.

그 사실을 알리는 날이 바로 오늘 밤이었다.

"다녀올게요, 할아버지."

냉하영은 몸을 일으켰다.

그런 그녀를 시엽이 묵묵하게 뒤따랐다.

그 역시 지금 누구보다도 마음이 복잡했지만 스스로에게 주어진 사명이 무엇인지 잘 알고 있었다.

'그녀를 지킨다.'

냉무기는 이것을 원했을 것이다.

냉하영의 뒤를 따라가며 시엽은 힐긋 고개를 돌려 야황의 관을 바라보았다.

'편히 쉬시기를……'

냉하영과 초류향이 약속했던 시간이 이제 코앞까지 다가왔다.

문밖을 나서는 냉하영의 눈은.

조금 전까지 보였던 감성적인 눈빛은 온데간데없어지고 냉철하고 이성적인 시선으로 변해 있었다.

이것이 바로 진정한 '은월호리' 냉하영의 무서움인 것이다.

'누구보다도 냉철하게……'

냉하영은 할아버지의 죽음에 약해지려는 자신을 억누르며 그렇게 바깥으로 향했다.

                    *   *   *

정도맹 측의 비밀회의 장소는 지금 침묵으로 가득했다.

그럴 수밖에 없었다.

백무량이 중상을 입었고, 천마신교는 코앞까지 다가왔으니까.

그 와중에 수확이라면 가장 막강하고 두려운 적.

야황이 없다는 사실 하나뿐이다.

"어떻게 했으면 좋겠소이까? 이제 이렇게 마냥 회의만 할 수도 없는 시점이 아니오?"

신승 공야 대사.

현재 정도맹의 수장이자 소림사의 방장인 그가 안타깝게 입을 열자 모두의 얼굴에 그늘이 드리워졌다.

과거에는 백무량이라는 초고수가 있었기에 희망을 걸어 볼 수 있었다.

하지만 이제는 아니다.

지금 이곳에 있는 누가 그 대악마 초류향을 막을 수 있다는 말인가?

"무당파의 무당칠성이 교주의 손에 폐인이 되었습니다. 그 막강했던 무당파도 사실상 반쯤 무너졌다고 봐야 합니다."

교주 초류향.

그 혼자서 무당파의 고수들을 몰살시켰다는 사실은 굳이 말하지 않아도 이곳에 있는 모두가 다 알고 있는 사실이었다.

상관중달은 보고를 하다가 자신도 모르게 한숨을 내쉬었다.

'너무 막막하군.'

계획이라는 것을 짤 수가 없는 상황이었다.

백무량이 없으니 그 어떤 작전도 소용이 없는 것이다.

'검황이 쉽게 이기도록 폭약까지 사용했는데…….'

한데 야황 냉무기는 호락호락하지 않았다.

그는 예상보다 너무 강했다.

솔직히 말하자면 백무량보다 강했을지도 모른다.

그렇게 엄청난 양의 폭약에 당하고도 백무량에게 치명상을 입혔으니까.

'이제 어떻게 해야 하나…….'

백무량이 부상에서 회복되기까지 기다린다는 것은 말이 되지 않았다.

그때까지 천마신교의 정예들에게서 도망칠 수도 없었고, 또 도망칠 수 있다고 해도 자존심이 상한 고수들이 내부에서 반발해 자멸할 가능성도 있었다.

정도맹의 두뇌인 상관중달.

그가 우울한 얼굴을 해 보일 때.

신승 공야 대사가 입을 열었다.

"아무래도 지금은 사람을 골라야 할 때인 것 같소만……."

사람을 고른다?

상관중달이 눈을 깜빡이며 공야 대사를 바라보았다.

그런 상관중달을 바라보며 신승 공야 대사는 입가에 씁쓸한 미소를 떠올렸다.

신승 공야 대사는 자신을 의아하게 바라보는 상관중달에게 고요하게 말했다.

"필요한 사람을 골라야 한다는 말이네."

이게 무슨 말일까?

모두가 어리둥절한 얼굴을 할 때.

상관중달만은 설마 하는 얼굴로 신승을 바라보고 있었다.

신승을 바라보는 상관중달의 표정이 다채롭게 바뀔 때쯤.

그가 내뱉은 말이 정도맹 수뇌부들을 발칵 뒤집어 놓았다.

"아미타불…… 이제 더 이상 망설일 시간이 없네. 이곳에서 죽을 자와 살 자를 가려야 할 때라는 말일세."

"……!"

"검황이 돌아왔을 때, 그와 함께 교주를 죽일 사람들을 가려 놔야 하네, 바로 지금."

차후에 '옥석 가리기'라 불리는 정도맹 최후의 도박이 지금 이렇게 시작되었다.

산 자와 죽을 자를 정하는 것.

그것은 신이 아닌 한낱 인간이 하기엔 너무도 부담스러운 작업이었다.

'하지만 반드시 해야 할 일이기도 하지.'

신승 공야 대사의 제안.

비록 충격적인 발언이긴 했지만, 그는 지금 상황에서 그 누구보다 냉철한 판단을 내린 것이다.

상관중달조차도 감히 하지 못한 어려운 결단을 그가 해 주었다.

'천마신교의 눈을 속이면서 검황 백무량을 도울 만한 자들로 골라야 한다.'

너무 강한 고수들이 뒤로 빠져 버린다면 천마신교가 속아 주지 않을 것이다.

적당히 강한, 동시에 백무량을 도울 정도의 고수를 골라내야 했다.

'이게 가장 어렵지.'

상관중달은 한 손으로 이마를 짚으며 고민에 빠졌다.

이번에 천마신교는 반드시 움직일 것이다.

더 이상은 피할 수도 없었고, 막을 방법도 없었다.

그래서 정도맹이 최후에 내린 결정.

'검황이 돌아오면 그와 함께 교주를 죽일 고수들을 뒤로 빼놓는다.'

천마신교는 교주 단 한 사람에게 모든 권력이 집중되어 있는 기형적인 형태의 단체였다.

이것은 제일 위에 있는 교주가 절대 권력을 휘두르기에는 가장 이상적인 구조였지만 그만큼 치명적인 약점도 있었다.

'교주만 죽이고 나면 나머지는 모래성처럼 무너지는 형태이기도 하지.'

톡톡—

상관중달은 검지로 탁자를 가볍게 치며 깊은 생각에 빠져 있었다.

확실히 지금 정도맹이 기댈 만한 구석은 바로 이 말도 안 되는 도박밖에 없었다.

'하지만 가능성은 충분하다.'

이판사판식의 도박이었지만 상관중달은 의외로 성공 가능성이 제법 높다고 보고 있었다.

검황 백무량.

그는 분명 교주를 죽일 수 있는 절대 고수였으니까.

'검황과 교주가 일대일로 마주할 수만 있다면 그를 죽이는 것도 불가능하지는 않다.'

교주에게 검황이 도착할 수 있도록 길을 열어 줄 수 있는 고수.

시간을 벌어 줄 만한, 그런 고수들을 골라야 했다.

상관중달은 빠르게 명단을 작성해 갔다.

잠시 후 완성된 그 명단이 수뇌부들에게 공개되었고, 수뇌부들의 얼굴에는 너무도 분명한 희비가 엇갈렸다.

그렇게 결전의 밤이 다가왔다.

초류향은 들고 있던 붓을 내려놓았다.

종이에 써 내려가던 수없이 많은 복잡한 계산식들.

그것들을 하나하나 머릿속으로 정리해 가며 초류향은 창밖으로 눈을 돌렸다.

그러자 옆에 있던 운휘가 입을 열었다.

"이제 움직이실 시간입니다. 주군."

밤이 온 것이다.

초류향은 고개를 끄덕인 뒤 몸을 일으켰다.

'정리는 끝났다.'

머릿속이 복잡하고 어지러울 때마다 초류향은 이렇게 산법들을 종이에 정리하곤 했다.

이렇게 하면 이상하게 마음이 차분해지고 안정을 되찾았던 것이다.

"약속 시간이군요."

"예. 주군."

"가 볼까요?"

초류향은 몸을 일으켜 문밖을 나섰다.

먹물을 잔뜩 풀어 놓은 듯한 밤하늘에는 아직도 비가 쏟아지고 있었고, 이것은 천마신교에게 그다지 나쁘지 않은 징조였다.

"이제 나오는 거야?"

"응."

빗속에 냉하영이 우의를 입고 서 있었다.

그녀는 낮과 달리 무척이나 차분하게 정돈되어 있었다.

할아버지의 죽음을 처음 목도했을 때 냉하영은 어딘가 무척 불안정해 보였다.

한데 지금은 아니다.

불과 한나절 만에 감정을 추스르고 초류향의 앞에 서 있는 것이다.

"가자."

초류향은 짧게 말하고 움직였다.

그 뒤를 냉하영이 따라 움직였고, 이윽고 천마신교도 움직였다.

검은 물결이 되어 이동하던 그들은 두 시진 만에 정도맹의 본거지에 도착했다.

정도맹 총본타, 하남성과 호북성 사이에 있는 그 절대의 요새에 드디어 도착한 것이다.

"내 생애 여기를 다시 보게 될 줄이야……."

우 호법이 예전 일을 생각하며 아련한 얼굴로 중얼거리자 뒤에 있던 주 호법도 히죽 웃었다.

"이번에는 예전과 다르지. 우리는 지금 여길 부수러 온 거니까."

"크크, 그렇지…… 우리는 이 빌어먹을 곳을 부수러 온 거지."

굴욕적인 과거지만 예전에는 이곳을 보고 도망치기 급급했었다.

하지만 지금은 아니다.

당당하게 정문으로 이곳을 부수러 온 거니까.

우 호법이 초류향을 바라보다 그 앞에 무릎을 꿇고 입을 열었다.

"교주님, 속하가 가서 대문을 부수고 오겠습니다."

호쾌하고 패기에 찬 음성.

초류향은 잔뜩 흥분해 있는 우 호법을 바라보다가 미소 지었다.

그리고 시선을 돌려 정도맹의 대문을 바라보며 입을 열었다.

"우리가 수고롭게 문을 열지 않아도 조만간 저절로 열릴 겁니다."

과연 그 말대로였다.

초류향의 말이 끝나기가 무섭게 정도맹의 대문이 서서히 열리기 시작했다.

그그그궁―

거대한 문이 열리고 그곳에서 사람들이 줄줄이 걸어 나오기 시작했다.

그것을 바라보던 우 호법의 눈동자가 서서히 붉게 충혈되어 갔다.

"땡중……."

공야 대사.

그는 현재 정도맹의 상징이자, 소림사의 방장이었다.

그를 필두로 소림사 최고 정예들인 백팔나한과 무당파의 고수들, 그 외 정도맹에 속해 있는 구파일방의 고수들이 쏟아져 나오기 시작했다.

"교주님! 속하가 선봉에 서겠습니다."

우 호법은 초류향에게 말하며 내력을 끌어 올렸다.

그러자 그의 주변으로 둥그렇게 빗물이 밀려나기 시작했다.

마치 투명한 막이 그의 주변에 덮여 있는 것처럼 빗물이 튕겨 나가는 것이다.

그것을 바라보고 있던 초류향이 고개를 끄덕였다.

"선봉을 허락합니다. 단, 신승은 제게 양보해 주세요."

"우 호법, 교주님의 명을 받듭니다!"

우 호법은 자리에서 일어섰다.

그리고 낮게 으르렁거리며 앞으로 달려 나갔다.

쿠콰콰콰—!

빗속을 폭풍처럼 가르는 그의 모습은 화가 난 한 마리의 사자와도 같았다.

그의 전신에서 숨 막힐 듯한 기세가 뿜어져 나오고 있었다.

"과연 벽력마군이로군."

하나 그렇게 중얼거리면서도 신승 공야 대사는 앞으로 뛰어 나오고 있는 벽력마군을 보지도 않고 있었다.

그는 오로지 뒤쪽에 서 있는 초류향만을 고요한 얼굴로 바라보고 있을 뿐이었다.

"아미타불…… 벽력마군은 군사가 알아서 처리해 줄 것이라 믿겠네. 나는 아무래도 교주만으로도 벅찬 상황이니……."

상관중달은 고개를 끄덕였다.

그리고 뒤를 돌아보며 입을 열었다.

"아무래도 창천검군께서 나서 주셔야겠습니다."

창천검군 남궁윤호.

그가 상관중달의 말에 고개를 끄덕이며 앞으로 나섰다.

가볍게 한 걸음 내딛는 것 같았는데 어느새 그의 몸은 귀신처럼 미끄러지며 벽력마군에게 쏘아져 가고 있었다.

그를 바라보며 벽력마군 우규호가 호탕하게 웃었다.

"크하하하! 남궁 영감탱이! 네놈이 감히 날 막겠다는 거냐?"

"……."

남궁윤호는 굳이 입을 열어 대답하지 않았다.

그저 침착하게 계산적으로 검을 움직였을 뿐이다.

큐릿—

그의 검집에서 뽑혀 나온 검이 불같은 검강을 내뿜었고, 벽력마군 우규호는 호탕하게 웃으며 정권을 마주 내질렀다.

콰콰콰쾅—!

엄청난 파공음과 함께 빗속을 뚫고 두 명의 거인이 맞부딪쳤다.

그들 뒤로 움직인 것은 신승 공야 대사였다.

그가 먼저 앞으로 나서자 초류향 역시 그를 맞이하기 위해 움직였다.

신승에게 접근하던 초류향은 상당히 흥미롭다는 얼굴을 해 보였다.

'실력을 감추고 있었나?'

신승의 기세가 심상치 않았다.

삼황오제칠군.

전대의 최고 고수라 불리는 구주십오객.

그들 중 삼황에 가장 근접한 고수라 불리던 것이 바로 신승 공야 대사였다.

'그런 그가 삼황급의 고수가 되었다 해도 이상할 것은 전혀 없겠지.'

이건 퍽이나 재미있는 일이었다.

검황 백무량이 없어져서 손쉽게 일이 흘러갈 줄 알았는데 그것도 아닌 모양이다.

초류향은 공야 대사를 향해 다가가다 검지로 허공을 찍었다.

둘 사이의 거리는 족히 삼백 장(구백 미터).

한데 그 거리가 무색하게 빗줄기를 뚫고 무언가가 공야 대사의 이마를 꿰뚫으려 했다.

"아미타불……"

불호와 함께 신승의 몸이 가볍게 흐려진다 싶은 순간, 초류향이 뿜어냈던 기운이 그의 몸을 스쳐 지나갔다.

그것을 지켜보던 초류향의 입가에 미소가 떠올랐다.

"연대구품……"

연대구품.

금강부동신법과 더불어 소림 최강의 보법이라 평가받는 무공이다.

아홉 걸음 안에 우주를 담아 놓았다는 전설상의 보법이 아닌가.

그것을 저토록 자유자재로 쓰는 것을 보니 그동안 실력을 숨겨 놓았던 것이 틀림없었다.

'그렇다면 이제는 그 실력을 보여 봐라.'

소림사의 무공은 천하를 덮는다는 말이 있다.

과연 그 말이 과하지 않았다.

앞으로 달려가는 초류향의 속도가 갑자기 빨라졌다.

신승 공야 대사 역시 더욱 빠르게 달려들었다.

스으으—

초류향을 향해 달려드는 공야 대사의 몸이 갑자기 바닥에서 한 치가

량 떠오르며 찬란한 황금빛으로 물들기 시작했다.

그 광경을 지켜보던 정도맹 측 사람들의 입에서 절로 감탄이 터져 나왔다.

"오오! 저것은 금강부동신법?"

"금강부동신법이다!"

이 세상 모든 사마를 척결하고, 마귀를 힘으로 찍어 누른다는 소림 사 최강의 신법이 아닌가.

공야 대사를 마주하고 있던 초류향의 몸에서 붉은색 기운이 넘실거 리며 뿜어져 나왔다.

그것은 곧장 아수라의 형상처럼 초류향의 전신을 감싸 버렸다.

공야 대사의 신성한 모습과 반대되는 진정 아수라의 화신과도 같은 모습.

'수라환경.'

초류향은 그 상태에서 주먹으로 허공을 짧게 끊어 쳤다.

콰우우웅—!

'패력수라권.'

천하에서 가장 강력한 주먹질.

그리고 그에 맞서 공야 대사도 망설이지 않고 정면으로 정권을 내질 렀다.

소림사를 세상에 알렸던, 단 하나의 주먹.

'백보신권.'

천하에 이름 높은 두 정권이 허공에서 정면으로 맞부딪쳤다.

콰르르르릉―!

때마침 번개가 내려치며 주변이 일시적으로 밝아졌다.

두 정권이 부딪치는 것과 동시에 바닥이 비명을 지르며 갈라졌다.

콰드드득―!

땅거죽이 벌어지며 시커먼 구멍이 드러났다.

하지만 둘은 바닥의 구멍을 보면서도 멈추지 않았다.

오히려 그 구멍을 훌쩍 뛰어넘으며 서로를 향해 미친 듯이 달려들었다.

먼저 공격을 한 것은 초류향이었다.

그가 공야 대사의 정수리를 팔꿈치로 내려찍었다.

붉은색 호선이 그려지고 공야 대사는 침착한 얼굴로 황금빛 손을 위로 들어 올렸다.

콰각―!

초류향의 일격을 받아 낸 공야 대사의 몸이 일순간 바닥으로 푹 꺼졌다.

생각했던 것보다 더욱 엄청난 힘에 짓눌려 버린 것이다.

하나 초류향 역시 연속적으로 공격하지 못했다.

공야 대사가 뿜어낸 힘에 의해 튕기듯 허공으로 밀려난 탓이었다.

'굉장하다.'

초류향은 허공에 뜬 상태로 눈을 반짝였다.

상대방의 힘은 자신보다 분명 부족했다.

한데도 압도하지 못했다.

"아미타불……."

낮은 불호와 함께 바닥에 있던 공야 대사의 몸에서 우윳빛의 맑은 광채가 뿜어져 나왔다.

동시에 하나밖에 남지 않은 공야 대사의 팔이 순간적으로 수십, 수백 개로 분화하는 듯한 환상을 보였다.

초류향의 입가에 미소가 떠올랐다.

'천수여래장(千手如來掌)?'

이것 역시 소림사의 비전절예 중의 하나였다.

공야 대사는 그야말로 소림사의 정수를 아낌없이 쏟아 내고 있었던 것이다.

투콰콰콰—

발아래에서부터 그물처럼 덮쳐 오는 수백 개의 손 그림자.

그것을 바라보던 초류향은 조용하게 눈을 감았다.

그리고 그는 침착하게 발끝에 내력을 모았다.

'무공이라면 이쪽 역시 아쉽지 않다.'

천마신교 역시 천 년이라는 역사가 있는 단체다.

게다가 초류향은 천마신교의 무궁무진한 무공 중에서도 가장 최강의 무공을 익히고 있지 않았던가?

지금은 이 장소에서 무엇이 최강인지 사람들 앞에 증명해 보일 시간이었다.

第八章

결말

냉하영은 정도맹 총본타에 도착한 뒤로 지금까지 줄곧 주변을 두리번거리며 누군가의 흔적을 찾으려고 노력했다. 그리고 비로소 그녀가 원하던 사람이 눈에 들어오자 야릇하게 미소 지었다.

"찾았다, 상관중달……."

실제로 보는 것은 이번이 처음이었다. 그동안 이름만 들어 보았지, 이렇게 얼굴을 확인할 수 있을 정도로 가까이서 본 적은 없었던 것이다.

'절대 도망 못 쳐.'

신승 공야 대사가 있던 곳.

그 뒤쪽에서 유심히 전황을 살피고 있는 상관중달은 이 전장에서 매우 중요한 인물이었다.

상관중달은 정도맹의 실질적인 머리.

저자를 최대한 빨리 사로잡아야 이 싸움이 쉽게 끝이 날 것이다.

'호위 전력이 어느 정도일까.'

가만히 상관중달 주변에 있는 호위 병력들의 전력을 가늠해 보던 냉하영의 입가에 차가운 미소가 걸렸다.

저 정도면 노려 볼 만했다.

"주상산 호법님."

냉하영이 빗속에서 주 호법의 이름을 부르자 그녀의 근처에 서 있던 주 호법이 가까이 다가왔다.

"무슨 일이시오?"

"저쪽에 상관중달이 있어요."

주 호법은 고개를 들어 냉하영이 가리키는 방향을 확인하더니 고개를 끄덕였다.

"오호라? 저 쥐새끼 같은 놈이 저기 있었구만. 내가 가서 놈을 죽이고 오면 되겠소?"

"아니, 반드시 사로잡아 주셔야 해요."

죽이는 것보다 살리는 것이 몇 배나 더 어려운 법이다.

특히 지금처럼 쌍방이 뒤얽힌 전장 한복판에서는 살려서 잡아 온다는 것이 평상시보다 더더욱 힘이 드는 법. 하지만 주상산은 아무런 불평도 토하지 않았다. 심지어 이유도 묻지 않았다.

교주 초류향.

그가 이번 전투가 벌어지기에 앞서 냉하영의 의견을 전적으로 믿고 따라 주라는 명령을 내렸으니까.

'그럼 가 볼까나.'

주상산의 몸이 밤의 빗속을 뚫고 흐릿하게 변해 갔다.

그리고 그가 적 진영에 가까이 도달했을 즈음.

등 뒤에서 어마어마한 폭발음이 울려 퍼졌다.

쿠콰콰쾅—!

주상산이 움찔한 기색으로 뒤를 돌아보고 나서 자신도 모르게 입을 크게 벌렸다.

'백보신권?'

주상산은 무심코 입 밖으로 소리 내어 말할 뻔한 것을 깨닫고 황급하게 기운을 숨겼다.

소림사가 천하에 자랑하는 칠십이종절예(七十二種絶藝, 칠십이 가지의 초상승 무공).

그중에서도 가장 상위에 올라 있는 것이 백보신권이다.

그것을 너무도 자연스럽게 사용하는 신승 공야 대사를 바라보던 주상산은 입꼬리를 씰룩거렸다.

'금강부동신법에 백보신권이라…… 우리 예상보다 더 고수였다 이거지?'

하지만 그것뿐이다. 애초에 상대가 좋지 않았다.

그를 상대하는 것은 천마신교 역사상 최강의 고수라 불리던 공손천기의 유일한 제자이자, 최연소 나이로 교주 자리에 올라선 초류향이었으니까.

주상산은 가볍게 몸을 움직여 사람들 사이를 교묘하게 파고들었다.

'지금 내가 할 일은 교주님의 싸움을 구경하는 게 아니다.'

착각하면 곤란했다. 지금 그에게는 분명한 목적이 있지 않은가?

게다가 이렇게 사람들의 이목이 초류향과 신승의 싸움에 집중되어 있을 때가 기회였다.

'지금이다.'

모두가 엄청난 전투에 넋이 빠져 있는 사이에 최소한의 피해로 승부를 봐야 했다. 주상산 역시 암살자 출신이었고, 그의 은신술은 이미 달인의 경지에 이르러 있었다.

콰악—

"이거 반갑구만. 정도맹의 군사."

상관중달은 갑작스럽게 그의 앞에 등장한 키 작은 노인을 보며 숨이 멎을 만큼 놀랐다.

'대체 언제?'

눈앞에 등장한 노인이 혈음마군 주상산이라는 사실을 깨닫자마자 상관중달이 재빨리 주변을 둘러보았다.

그리고 절망했다. 그의 곁을 지키던 백팔나한들 역시 깜짝 놀라는 얼굴만 해 보일 뿐, 순간적으로 굳어 버렸던 것이다.

'이런 멍청이들!'

그런 표정을 짓고 있을 게 아니라 주먹질이라도 한번 해야 옳았다.

상관중달이 씁쓸한 표정을 지을 때.

그의 멱살을 한 손으로 붙잡고 무 뽑듯이 허공으로 들어 올린 주상산의 반대쪽 손에서 붉은빛이 번뜩였다.

촤촤촤—!

방심한 사이 십여 명에 가까운 사람들의 몸이 순식간에 조각조각 절단되었다.

백팔나한을 제외한 나머지 정도맹 측 고수들 사이에서 첫 번째 피해가 나온 것이다.

"아미타불……."

그리고 그제야 정신을 차린 백팔나한이 서둘러 대응하려 했지만 이미 늦었다.

탁—

"클클, 따라올 테면 한번 따라와 보거라."

"……!"

애초에 싸울 생각 따위는 조금도 없었던 주상산이다.

그는 단 한 번의 도약으로 벌써 전장의 삼분지 일을 가로지른 후 정도맹 측의 고수들을 비웃었다.

너무 어이없을 정도로 쉽게 상관중달을 빼앗겨 버린 정도맹 무인들 사이에 순간적으로 동요가 퍼져 나갈 때쯤.

주상산은 순식간에 냉하영의 앞까지 도착했다.

"잡아 왔소."

주상산은 냉하영 앞에 상관중달을 짐짝처럼 내려놓으며 피식 웃어버렸다.

"이거 너무 쉬워서 어이가 없을 정도군."

이게 바로 강력한 초고수가 있어야 하는 이유였다.

제아무리 화경의 고수인 주상산이라고 하더라도 소림사가 자랑하는 백팔나한진에 갇히게 된다면 꼼짝도 못 하고 죽을 수밖에 없었다.

하나 이렇게 순간적인 기동력 면에서는 아무래도 강력한 고수 한 명이 절대적으로 유리한 법이다.

"우리 처음 보네요? 상관중달 님. 이야기는 많이 들었어요."

냉하영이 미소 지으며 말하자 상관중달은 쓴웃음을 지으며 그녀를 바라보았다.

사실 두뇌 싸움이나 심리적인 대결에서는 둘 중 누가 더 뛰어나다고 말하기 어려웠다.

하지만 냉하영은 상황을 자신에게 유리하게 만드는 법을 알고 있었고, 그것을 위해서는 움직이는 데 조금도 주저함이 없었다.

그게 설령 불명예스러운 일이라 하더라도 그녀는 조금도 망설이지 않았다.

"처음 얼굴을 보는데 미안한 말이지만 그냥 죽여 주면 고맙겠소."

상관중달의 부탁에 냉하영은 고개를 절레절레 저었다.

그리고 정면에서 이제 막 서로를 향해 달려들기 직전인 초류향과 신승을 바라보며 입을 열었다.

"그냥 죽이기엔 그쪽의 목숨 값이 굉장히 비싼 편이라서요. 철저하게 뜯어먹을 생각이에요."

상관중달은 분명 냉무기의 죽음에 어떤 식으로든 관련이 있을 것이다.

'그리고….'

냉하영은 생글생글 미소 지으며 고개를 숙였다.

그 상태로 상관중달의 귀에 대고 작게 속삭였다.

"아버지에게 여러 가지 것들을 베풀어 주셨더라구요. 그 보답은 꼭 해 드리고 싶어서요."

"……!"

"게다가 그런 쪽 일 전문가라면 정도맹보다 우리 쪽에 더 많거든요."

절대로 쉽게 죽여 줄 마음이 없었다.

그때 냉하영 곁으로 돌아와 다시 전장을 살피던 주상산이 크게 눈을 떴다.

마침 신승이 칠십이종절예 중의 하나인 천수여래장을 펼치고 있었던 것이다.

"저, 저건……."

그간 소림사 내에서도 익힌 자가 드물다고 알려진 무공이다.

한데 신승의 손에서 그것이 도도하고 장엄하게 풀어져 나오고 있었다.

냉하영 역시 감탄한 얼굴로 바라볼 때.

허공에 떠 있던 초류향의 발끝에 도끼날처럼 예리하면서도 파괴적인 붉은 기운이 맺혔다.

그에게도 천 년 마교의 자랑.

수라환경이 있었던 것이다

'화룡수라각.'

발끝에 맺혀 있던 붉은 기운이 새빨간 적룡으로 변해 아래에서 덮쳐 오는 천수여래장.

즉, 부처님의 손길을 사납게 찢어발기기 시작했다.

쿠콰콰콱—!

유형화된 강기들이 어마어마하게 강한 힘으로 허공에서 충돌하고 사그라졌다.

한데 미묘하게 공야 대사가 밀리기 시작했다.

'아미타불······.'

공야 대사는 속으로 불호를 외며 신중한 얼굴로 뻗었던 손을 거두었다.

그러자 붉은 용이 곧장 공야 대사를 세로로 쪼개기 위해 달려들었다.

둘의 거리가 순간적으로 가까워지고, 동시에 초류향은 무언가 불편한 기운을 느꼈다.

'뭐지?'

무언가 콕 집어서 말할 수는 없지만 대단히 꺼림칙한 기분이었다.

그 순간 공야 대사가 한 팔밖에 남지 않은 손을 조용히 단전 앞에 합장하듯이 모았다.

언뜻 보기에는 초류향의 공격을 막을 생각이 전혀 없어 보이는 움직임.

하지만 초류향의 본능은 지금 분명하고 강하게 경고하고 있었다.

'무언가 준비하고 있다?'

거기까지 생각하며 바짝 긴장한 초류향은 몸을 뒤로 빼기 위해 온몸으로 기운을 돌렸다.

그리고 그 순간.

발밑에서 폭발적으로 터져 나오는 기운에 초류향은 깜짝 놀란 얼굴로 황급하게 몸을 뒤집었다.

순간 공야 대사의 몸에서 연녹색 기운이 뿜어져 나오더니 팔을 뻗어 초류향의 발목을 잡아 으스러뜨리려 했던 것이다.

'위험했다.'

맹수와 같은 움직임.

더불어 그 안에 숨겨져 있는 현묘함에 초류향은 간담을 쓸어내렸다.

잠시 놀란 얼굴을 한 채 뒤로 훌쩍 물러서서 상황 파악을 완료한 초류향의 얼굴에 황당함이 떠올랐다.

"······십단금?"

"아미타불······."

저것은 분명 무당파의 무공이었다.

심지어 무당파에서도 아무나 배울 수 없다는 최상위의 금나수(擒拿手, 손으로 상대방의 관절을 꺾거나 부숴서 제압하는 무예).

소림사의 고수가 어떻게 무당파의 최상승 무공을 익히고 있다는 말인가?

"······황당하군."

초류향이 어이없는 얼굴을 하고 있을 때, 공야 대사는 하나 남은 손의 끝을 짐승의 발톱처럼 구부렸다.

그러자 조금 전까지 연녹색이 가득하던 그의 전신에 다시금 찬란한 황금빛이 떠올랐다.

그 모습을 지켜보던 초류향은 자신도 모르게 어이없다는 듯 헛웃음을 흘려버렸다.

"십단금에 이어서 이번에는 용조수라 이건가……."

신승 공야 대사.

그의 몸에는 도대체 얼마나 많은 종류의 기예들이 집약되어 있는 것일까?

소림사의 것만이 아니라 무당파의 무학마저 익히고 있을 줄은 예상하지 못했다.

'방금 전 조금만 늦었더라면 발목이 꺾여 버릴 뻔했다.'

무당파의 금나수는 천하제일이라는 말이 있다.

그런 것을 대비하지 않은 상태에서 힘으로 때려 부수기에는 어려운 점이 많았다.

조금 전에 물러선 것은 정말 현명한 판단이었다.

그런데 이번에 들고 나온 것은 소림의 자랑인 조법(爪法, 손가락 끝을 세워서 할퀴거나 살점을 쥐어뜯는 무공).

용조수였다.

'여태껏 보여 준 무공들 중 하나만 익히는 데에도 평생이 걸린다고 하던데…….'

공야 대사는 소문을 듣고 예상했던 것보다 더더욱 대단한 고수였다.

알려지지 않았지만 여러 가지 강력한 무공들을 한 몸에 다 익히고 있었던 것이다.

하지만 초류향은 차분하게 웃었다.

'신승. 당신은 졌다.'

여러 가지를 잡다하게 익히는 것보다 한 가지만 순도 있게 파고드는 것이 더욱 나은 법이다.

초류향은 가볍게 어깨를 돌리며 공야 대사에게 다가갔다.

방금 전의 일격은 신승 공야 대사가 초류향을 이길 수 있었던 단 한 번의 기회였다.

뚜벅뚜벅—

공야 대사는 여유로운 얼굴로 다가오는 초류향의 모습을 바라보며 낮게 침음을 삼켰다.

'비장의 한 수였다.'

사실 십단금은 그가 가지고 있던 최후의 무기였다.

세상에는 알려지지 않았지만 십단금은 본래 무당이 아닌 소림사의 무공이었다.

무당파의 장삼풍 진인이라는 절대 고수가 소림사의 십단금을 한 번 보고 그것을 그대로 가져가서 더욱더 발전시켜 사용했기에 세상에는 무당파의 무공처럼 알려져 있었을 뿐이다.

'한데 그것마저도 실패했다는 말인가…….'

과거 눈앞에서 뻔히 자신들의 무공을 도둑맞고도 내색하지 못했던 소림사였다.

오랜 기간 그것을 갈고 닦아서 무당파의 그것만큼 강력하게 만들었지만 세상에는 꺼내어 보일 수 없었다.

세상은 이미 십단금을 무당파의 무공으로 알고 있었고, 소림사에서 그것을 사용한다면 오히려 무공 도둑으로 몰릴 판이었으니까.

한데 공야 대사는 그 점을 감수하면서까지 최적의 기회를 노려 십단금을 사용했다.

'업보로다……'

비장의 한 수도 실패해 버렸으니…… 겉으로 내색하지는 않았지만 공야 대사는 지금 상당히 참담한 기분이었다.

게다가 조금 전까지 약간 느슨해 보였던 초류향의 태도가 지금은 눈에 띄게 전투적으로 변해 있었다.

그때 초류향의 몸에서 청강빛의 기운이 이글거리며 타올랐다.

그것은 조금 전처럼 파괴적이지도 않고, 악마적인 느낌도 없었지만 여태껏 보였던 그 무엇보다도 단단하고 치밀해 보이는 기운이었다.

'내 몸 안의 삼라만상을 제대로 다룰 수 있다면 이 세상에 다루지 못할 것은 아무것도 없다.'

월인도법.

그것의 힘은 수라환경 못지않다.

그 사실을 이제 증명해 보일 참이다.

초류향은 양손을 가슴 어림에 모았다가 천천히 떼 내었다.

카르륵—

청강빛 강기의 사슬이 맺히며 초류향의 손끝에 감겨들어갔다.

그 상태로 초류향은 손을 하늘 위로 들어 올렸다.

그러자 강기의 사슬이 하늘을 향해 일직선으로 쭉쭉 뻗어 나갔다.

'유형화된 강기인가……'

저렇게 강기가 확실하게 어떤 형상을 갖추고 있다면 그것은 일반적인 강기를 활용한 무공으로는 막을 수가 없다.

막으려면 그에 상응할 만큼의 강기를 집중해서 사용할 수 있어야 했다.

때문에 공야 대사가 잔뜩 긴장한 얼굴로 지켜보고 있을 때.

초류향은 희미하게 웃으며 손을 그대로 내려쳤다.

후웅—

그러자 하늘로 쭉쭉 뻗어 간 얄팍한 강기의 사슬이 순간적으로 송아지 몸통만큼 굵어지며 공야 대사의 정수리를 찍어 눌러 왔다.

지켜보고 있던 공야 대사의 동공이 크게 확장되었다.

*   *   *

막수는 꿈을 꾸었다.

아니, 사실 꿈을 꾸면서도 반쯤은 이것이 꿈이 아니라는 자각이 있었다.

[뭐냐?]

"뭐긴?"

꿈속에서 막수는 오만한 표정의 소년을 보며 마뜩지 않은 얼굴을 해 보였다.

공손천기의 장난기 가득한 미소를 보던 막수가 팔짱을 끼고 툭 말했다.

[꺼져.]

"웅? 난 아직 아무 말도 안 했는데?"

[뻔하지. 들으나 마나 한 이야기 아니겠냐. 나는 너와의 약속을 이미 지켰다.]

과거 막수는 공손천기 덕분에 힘의 대부분을 빠르게 회복할 수 있었다.

그리고 그에 대한 대가로 초류향을 곁에서 도와주기로 했다.

[이 정도나 해 줬으면 됐지. 더 이상 뭘 바라느냐. 이 양심도 없는 놈아.]

"흐흐, 양심은 이미 오래전에 버렸지. 인간일 때 없던 것이 지금이라고 있겠느냐?"

[이 뻔뻔한 새끼가…….]

막수가 전신을 파르르 떨 때 공손천기가 입을 열었다.

"근처에 그 아이가 가까이 있을 거다."

[누구? 초류향?]

"그래. 그 아이 말이다."

[왜? 그놈이 또 뭔가 뒈질 위험에 처하기라도 한 거냐? 이렇게 약해 빠져서야…….]

막수가 투덜거리자 공손천기는 고개를 좌우로 저었다.

"도착하면 아마 그 아이가 싸우고 있을 게다. 그냥 지켜만 봐라. 너에게는 제법 재미있는 구경이 될 테니. 구경하다 보면 인간들이 얼마나 성장했는지 알 수 있게 되겠지."

[흥! 그래 봐야 인간 따위 하찮을 뿐.]

막수는 겉으로는 그렇게 투덜거리면서도 내심 흥미가 생긴 모양이었다.

막수의 입장에서 보자면 인간 주제에 우화등선해 버린 공손천기는 재수 없고 고까운 놈이었다.

하지만 이놈이 쓸데없는 헛소리를 할 놈은 아니라는 것 역시 잘 알고 있었다.

[가 봐라.]

막수가 자신의 뭉툭한 손을 휘휘 내젓자 공손천기가 히죽 웃으며 말했다.

"가서 보면, 네가 나에게 배운 무공을 어떻게 써먹어야 하는지 알 수 있을 거다."

[크크, 무공? 그딴 것 없어도 이 몸은 천하무적이시다.]

공손천기는 음흉하게 웃으며 고개를 끄덕였다.

몇 마디 더 해서 성질을 긁어 댈 수도 있었지만, 굳이 그러지는 않았다.

가만히 지켜보고 있다가는 막수의 머리를 쓰다듬기라도 할 것 같았기 때문이다.

'그나저나 그냥 날개만 하나 더 달았을 뿐인데 이거 엄청 귀여워졌단 말이야.'

예전에 힘이 없었을 때도 머리를 쓰다듬으면 아주 발악하며 달려들었는데, 지금 그랬다가는 저 조그만 놈이 무슨 난동을 부릴지 알 수 없었다.

잠깐 막수를 지켜보던 공손천기는 서서히 그 자리에서 허물어지듯 사라졌다.

쿠쿵―

공손천기가 사라지자마자 막수는 꿈에서 깨어났다.

꿈에서 깨어난 막수는 기분이 좋지 않았다.

가뜩이나 공손천기를 봐서 기분이 좋지 않은데 주호유라는 인간이 그를 망측한 표정으로 바라보고 있었던 것이다.

[……뭐하냐, 인간?]

"예? 어? 깨셨습니까? 아, 아무것도 아닙니다, 어르신."

[……?]

막수가 작은 날개를 퍼덕이며 불쾌한 얼굴로 고개를 들어 올렸다.

그리고 가볍게 기지개를 켜며 몸을 움직이자 주호유는 그 모습을 훔쳐보다가 또다시 헬렐레 얼굴이 풀어졌다.

'치, 치명적이다.'

포동포동한 몸체와 앙증맞은 날개가 너무도 귀여웠다.

게다가 저 귀여운 외형과는 어울리지 않게 성격은 또 엄청나게 까칠하기까지 하니…….

너무도 사랑스러웠던 것이다.

주호유가 그렇게 복잡한 마음을 억누르고 있을 때 막수가 입을 열었다.

[초류향이 있는 곳까지 얼마나 남았느냐?]

"이제 이틀 거리에 있습니다. 헤헤."

노진녕이 대답하자 막수가 코끝을 씰룩거리며 입을 열었다.

[이틀?]

"예, 막수 님."

막수는 마차 바깥으로 하늘을 바라보며 입을 열었다.

[그럼 정말 거의 다 왔군.]

잠시 동안 하늘을 응시하던 막수가 고개를 돌려 마차 구석에 고요하게 앉아 있던 척계광에게 말했다.

[인간.]

척계광이 조용히 눈을 뜨고 막수를 바라보았다.

얼마 전까지 부상으로 인해 본래 무공의 십분의 일밖에 사용하지 못했던 그였지만 지금은 아니다.

막수가 내려 주었던 작은 조언이 그에게 어마어마하게 큰 깨달음으로 다가온 것이다.

지금은 과거보다 오히려 무공이 상승해 있었다.

"무슨 일이시오, 토 선생."

[나는 먼저 놈을 만나러 가 볼까 한다. 너는 이 아이들과 함께 천천히 따라오도록.]

얼마 전까지의 척계광이었다면 이런 명령조에 기분이 무척 나빴을 것이다.

상대방이 자신보다 강하다 하더라도 이렇게 직접적인 하대는 참지 못했을 가능성이 높았다.

하지만…….

"그렇게 하겠소, 토 선생."

[그럼 너를 믿고 가 보겠다. 너 정도라면 하찮은 인간들은 감히 덤벼들지 못하겠지.]

막수가 그렇게 말하며 막 창가로 몸을 날리려 할 때.

공손아리가 그의 몸을 가볍게 안았다.

[응?]

공손아리의 품 안에 안겨서 막수가 고개를 들자 그녀가 말했다.

"그분에게 제 안부를 전해 주실 수 있으세요?"

[……그런 낯간지러운 짓은 시키지 마라. 내가 할 것 같으냐?]

막수가 틱틱대며 공손아리의 품에서 빠져나오려고 할 때.

그녀가 입을 열었다.

"그럼 걱정하고 있다고만 전해 주세요."

[…….]

막수는 마뜩잖은 얼굴을 했다가 곧 앞발로 코끝을 쓰다듬으며 말했다.

[기억나면 해 주지.]

공손아리의 품 안에서 버둥거리는 막수를 멍청하게 바라보고 있던 주호유는 그가 창밖으로 훌쩍 날아가 버리자 그제야 아쉬운 얼굴을 했다.

주호유는 길게 탄식을 뱉어 내며 나직하게 중얼거렸다.

"엄청나군요. 저런 존재가 천마신교에 있었다니 진즉에 입교를 할 걸 그랬습니다."

"귀여운 것을 좋아하는 모양이네요?"

린이 작게 묻자 주호유가 정신없이 고개를 끄덕이며 말했다.

"예. 제가 그런 것에는 사족을 못 쓰는 편이지요."

주호유는 품에서 자그마한 흰색 털 뭉치를 조심스럽게 꺼내며 입을 열었다.

"미약한 손재주나마 막수 님처럼 만들어 보려 했지만…… 역시 아무리 해도 실물에는 미치지 못하더군요."

린과 령은 주호유가 꺼낸 털 뭉치를 바라보며 피식 웃었다.

정말 가당치도 않은 손재주였던 것이다.

주호유는 털 뭉치를 다시 품에 소중하게 넣으며 진지한 어투로 입을 열었다.

"천마신교에 정식으로 입교를 하려면 어떻게 해야 합니까?"

"……."

린과 령은 주호유의 진지한 말을 농담으로 받아야 할지 진담으로 받아야 할지 잠시 동안 고민하게 되었다.

*　　*　　*

막수가 작정하고 움직이면 이틀 거리는 아무런 문제가 되지 않는다.

그는 빗속을 뚫고 밤하늘을 가르며 순식간에 초류향이 있는 곳으로 날아갔다.

산천초목이 그에게 올바른 길을 알려 주었고, 하늘 아래에 존재하는 모든 것들이 막수를 보면 공손하게 무릎을 꿇었다.

그는 야차왕.

동과 서.

양쪽을 이어 주는 최초의 야차왕이었다.

펄럭—

날개를 접고 절벽 위에 올라선 막수는 아래를 내려다보며 피식 웃었다.

[고작 이딴 것을 보라고 나의 단잠을 깨운 거냐, 망할 인간?]

하늘에서 지켜보고 있을 공손천기에게 욕지거리를 쏟아 내며 막수는 초류향을 응시했다.

웬 땡중과 진지하게 마주하고 있는 놈을 보니 살짝 흥미가 동하긴 했던 것이다.

그러다 문득, 막수는 고개를 갸우뚱거렸다.

[호오라?]

헤어진 지 얼마나 되었다고 초류향의 몸 안에서 거대한 변화가 일어나고 있었다.

그동안 대체 무슨 일이 있었던 걸까?

저런 변화를 본인 스스로도 알고 있을까?

'아마 모르고 있겠지. 한데 하찮은 인간 따위가 어떻게 저런 힘을?'

막수는 초류향도 자각이 없을 것이라 확신했다.

하나 정말로 특별한 변화였기에 막수는 저도 모르게 불편한 얼굴을 해 보였다.

[과연 세상을 바꿀 만한 놈이라 이건가?]

인정할 수밖에 없었다.

저놈이 맨 처음 자신에게 막수라는 되도 않는 새로운 이름을 붙여주었을 때 느꼈던, 족쇄처럼 그를 옥죄어 오던 엄청난 무게.

당시 야차왕이었던 그를 속박할 정도라는 것은 저놈이 세상 전체에 영향을 끼칠 만큼 대단한 존재가 된다는 의미였다.

[지금도 별로 인정하고 싶지는 않지만…….]

막수는 작게 투덜거리다가 팔짱을 끼고 뒤로 몸을 기댔다.

어느새 막수의 뒤에는 거대한 호랑이가 다가와서 푹신한 털가죽을 제공하고 있었다.

동시에 하늘에서는 거대한 새들이 날개를 펼쳐 떨어지는 비를 막아 주고 있었다.

호랑이의 도톰한 뱃가죽에 스스럼없이 몸을 파묻으며 막수는 흥미진진한 얼굴을 해 보였다.

[좋아, 오만방자한 인간. 인정해 주지. 그러니까 이제는 보여 봐라. 네놈이 정말 세상을 바꿀 만한 놈인지, 확실하게 증명을 해 보거라.]

초류향의 무공.

놈이 과연 가진 것을 얼마나 제대로 다루고 있을지 궁금해졌다.

그리고 그것은 오래 기다리지 않아 볼 수 있게 되었다.

카르르릉—

거인의 팔뚝처럼 거대한 쇠사슬을 보며 공야 대사는 재빨리 몸을 움직였다.

옆으로 몸을 날려 피한 것이다.

쾅—!

바닥에 긴 뱀이 지나간 듯 엄청난 구덩이가 파이고 공야 대사는 앞으로 달려 나갔다.

아무래도 거리를 좁혀야 승산이 있다고 판단한 것이다.

'저토록 간격이 긴 무공은 거리를 없앤다면 승산이 있는 법이지.'

공야 대사는 조금 전에 보았던 압도적인 힘에 놀라긴 했지만 겁을 먹지는 않았다.

단순히 힘만 세서는 아무것도 되지 않는 법이니까.

공야 대사가 작정하고 움직이자 둘 사이의 거리는 순식간에 좁혀졌다.

'우선 용조수로 빈틈을 만들고……'

용조수.

단순하게 용의 발톱이라 생각하면 편하다.

공야 대사가 그것으로 빈 허공을 할퀴자 초류향의 바로 앞쪽 공간이 찢겨 나갔다.

'응?'

분명히 목표물을 제대로 노린 공격이었는데?

언제 뒤로 피한 것일까?

공야 대사가 당황한 기색을 애써 감추며 더욱 바짝 접근할 때 초류향이 무덤덤한 얼굴로 손을 뻗었다.

그러자 청강빛의 사슬이 앞으로 뻗어 나가더니 마치 채찍처럼 휘어져 공야 대사의 허리를 때려 왔다.

츄리릭—

'음!'

여전히 강하다고는 해도 외팔이라 역시 불편하긴 했다.

팔이 하나밖에 없으니 대응할 때 여러모로 신경을 쓸 필요가 있었다.

공야 대사는 호흡을 끊으며 남아 있는 오른팔로 주먹을 말아 쥐고 강기의 사슬을 쳐 냈다.

쾅—

공야 대사의 신형이 중심을 잃고 크게 흔들렸다.

본인이 예상했던 것보다 초류향이 뿜어낸 사슬이 더 엄청난 파괴력을 가지고 있었던 것이다.

[꼬맹이를 우습게 봤구나, 땡중.]

멀리서 지켜보고 있던 막수가 즐겁다는 얼굴로 히죽 웃을 때.

초류향이 양쪽 팔을 크게 휘저으며 공야 대사를 압박해 갔다.

빈틈이라고는 없는 엄청난 공격.

하나 공야 대사는 연대구품이라는 절대의 보법을 사용해서 그 엄청난 공세를 단 세 걸음 만에 쉽사리 빠져나왔다.

'잡았다.'

초류향의 지척까지 다가왔다.

여기서부터는 이제 그의 간격인 것이다.

공야 대사가 주먹에 힘을 모으고 느릿하게 앞으로 뻗어 냈다.

뿌드득—

오래된 문간을 열었을 때 나는 나무가 뒤틀리는 소리.

그것과 비슷한 소리가 나면서 공야 대사의 손끝에서 금빛 기운이 묵직하게 뿜어져 나갔다.

소림사의 비전절예.

역근경이라는 희대의 기공에 기록되어 있는 유일한 신권.

'반야신권.'

이것으로 죽이지는 못하더라도 치명상을 입힐 것은 확실했다.

하나 지켜보던 막수의 입꼬리는 귓가에 걸렸다.

공야 대사를 비웃는 것이었다.

[멍청한 땡중. 가까운 걸 좋아하는 건 저 건방진 꼬맹이도 마찬가지야.]

막수가 다음에 벌어질 상황을 머릿속으로 그리고 있을 때.

초류향은 손끝에 길게 뿜어져 나와 있던 강기를 너무도 깨끗하게 놓아 버렸다.

'허?'

그 후 손바닥을 펼쳐 공야 대사가 뻗은 주먹을 잡아챘다.

퍼억—!

묵직한 타격음과 함께 초류향의 어깨가 크게 흔들렸다.

하나 그것으로 끝.

공야 대사가 재빨리 팔을 빼서 다음 공격을 하려 할 때.

초류향은 손에 더욱 힘을 주며 공야 대사의 팔을 꽉 붙잡은 후 담담하게 말했다.

"여기까지입니다."

하나 공야 대사는 이를 악물고 초류향을 발로 걷어찼다.

포기할 수 없었다.

이렇게 무력하게 포기해 버리기에는 뒤에 이어질 일들이 너무 엄청나 감당할 수 없었기 때문이다.

파아악—!

공야 대사의 용음퇴가 초류향의 복부를 노렸다.

하지만 초류향은 그것을 공야 대사와 더욱 바짝 붙음으로써 무위로 돌려 버렸다.

공야 대사에게 연대구품이라는 절대보법이 있듯이, 초류향에게도 천마신교가 자랑하는 보법.

천마군림보가 있었던 것이다.

'단 한 걸음.'

그것을 내딛는 것만으로 공야 대사의 공격을 무력화시켰다.

그리고 초류향은 멀쩡한 한 팔을 강하게 뻗었다.

뻐억—

우드드득—

엄청난 소리와 함께 공야 대사의 복부에 초류향의 묵직한 주먹이 틀어박혔다.

'이것으로 끝이다.'

신승 공야 대사의 신형이 너무도 힘없이 허물어졌다.

초류향은 무너지는 공야 대사를 내려다보며 입 안 가득히 퍼지는 핏물을 조용히 집어삼켰다.

그리고 시선을 돌려 막수가 있는 곳을 바라보았다.

막수와 허공에서 눈이 마주치자 초류향이 흐릿하게 웃어 주었다.

[건방진 놈. 감히 이 위대한 존재의 기척을 눈치챈 거냐? 제법 눈치가 빨라졌구나, 꼬맹이.]

막수가 볼 끝을 씰룩거리고 있을 때.

그와 눈을 마주친 그대로 초류향은 손을 들어 올렸다.

그러자 뒤쪽에 고요히 대기하고 있던 검은 물결이 정도맹을 덮쳐 가기 시작했다.

第九章

고백

정도맹과 천마신교의 전쟁,
그로 인해 수많은 사람들이 죽었다.
그리고 그 결과.
하나의 세계가 완벽하게 바뀌어 가고 있었다.

마도천하

세상 사람들은 새로운 시대를 그렇게 불렀다.

남궁옥빈은 어두운 얼굴로 가문에 돌아왔다.
그리고 그의 아버지이자 남궁세가의 가주 남궁세옥을 만났다.

"무사해서 다행이구나. 걱정했다."

남궁옥빈은 씁쓸한 표정으로 그의 아버지를 바라보았다.

그러다 입을 열었다.

"할아버지께서 돌아가셨다고 들었습니다."

"그래. 그렇게 되었다."

남궁옥빈의 할아버지.

창천검군 남궁윤호는 이번 정마대전에서 목숨을 잃었다.

벽력마군 우규호.

그의 앞을 막다가 죽은 것이다.

잠시 복잡한 얼굴로 서 있던 남궁옥빈이 다시금 입을 열었다.

"……그럼 정도맹은 정말로 무너진 것이 맞습니까?"

남궁세옥은 그의 아들을 바라보며 고개를 끄덕였다.

"그래. 사실이다."

"하면 이제 우리 가문은 어떻게 되는 건지 알 수 있겠습니까?"

"……확실한 것은 아무것도 없다."

천하는 지금 엄청난 변화의 바람을 정면으로 맞고 있었다.

천마신교의 압도적인 힘에 저항하는 것은 애초에 불가능했고, 이제는 그들이 정할 새로운 규칙을 숨죽인 채 기다려 볼 수밖에 없는 상황이었다.

남궁옥빈은 답답한 얼굴로 창밖을 내다보았다.

'초류향……'

그와 함께했던 유기산법무예학당에서의 기억이 아직도 선명했다.

말수가 적고, 서재에 박혀 책 읽기를 좋아하던 작은 아이가 이제는 강호의 천하제일인이 되었지 않은가?

그 생각을 하면 참으로 복잡 미묘한 감정이 들었다.

"아직 기회는 있다."

"……?"

남궁옥빈은 아버지가 불쑥 내뱉은 말에 의아한 얼굴을 했다.

남궁세옥이 말했다.

"검황. 그는 아직 죽지 않고 살아 있다."

"검황……."

남궁옥빈은 그의 이름을 입 안으로 되뇌며 고개를 끄덕였다.

이제 그는 정말로 정파의 유일한 희망이었다.

'그가 과연 무엇을 보여 줄까?'

삼황 중에서 현재 유일하게 살아남은 사람이 바로 검황이었다.

새로운 시대를 열어 가는 교주 초류향을 그가 저지할 수 있을까?

남궁옥빈은 불안한 마음으로 유달리 맑은 하늘을 바라보았다.

*   *   *

초류향은 정신없이 바빴다.

정도맹이 무너지면서 그와 연관된 모든 업무들이 하루아침에 망가져 버렸던 것이다.

그것들을 전부 새롭게 체계를 잡아서 만들려고 하니 힘들 수밖에 없었다.

'하지만 보람은 있다.'

상권을 비롯해서 유통에 관한 모든 업무들을 단일화하는 작업.

앞으로의 일까지 고려하며 판을 짜야 할 필요가 있다 보니 생각 이상으로 계산이 복잡했다.

그래도 다행인 건 변수라고 할 수 있는 무림 문파들이 없어져 하나의 뜻을 가지고 큰 그림을 그릴 수 있다는 점이었다.

물론 이것도 전박과 냉하영의 도움이 없었다면 매 단계마다 결단을 내리는 데에 무척이나 시간이 걸렸을 것이다.

'새로운 세상을 만든다.'

엄청난 양의 금전이 전국에 혈관을 만들고 그 혈관 사이를 수많은 사람들이 바쁘게 움직인다.

하나의 흐름이 생긴 것이다.

그렇게 새로운 시대의 새로운 법칙들을 만들어 가고 있었다.

눈코 뜰 새 없이 바쁜 와중에 초류향은 의외의 든든한 지원군을 얻게 되었다.

"도착하셨습니까?"

"예. 교주님."

정중한 태도.

초류향은 자신에게 공손한 태도를 취하는 주호유를 의아한 눈으로 바라보고 있었다.

그때 주호유가 입을 열었다.

"천마신교에 정식으로 입교하고 싶습니다, 교주님."

"……예?"

"천마신교의 교도가 되고 싶습니다."

어째서?

조금 뜬금없지 않은가?

초류향이 순간 혼란스러운 얼굴을 할 때.

주호유가 입을 열었다.

"오래전부터 무림에 관심이 있었는데 이번 기회에 아예 정식으로 무림 문파에 몸을 담고 싶습니다. 부디 받아 주시길 부탁드리겠습니다."

하나 주호유는 말을 하는 내내 초류향의 옆에 있는 바구니.

정확하게는 바구니 안에서 곤히 자고 있는 막수를 힐끔거리고 있었다.

"……본 교에 정식으로 입교하고 싶으시다고요?"

"예? 옙! 교주님."

주호유.

그가 공손하게 이야기하는 것을 보며 초류향은 헛웃음이 나오려는 것을 꾸욱 참고 입을 열었다.

"저야 주 학사님께서 함께해 주신다면 그것보다 좋은 일은 없겠습니다만…… 이렇게 갑작스럽게 마음을 정하게 되신 이유에 대해 알고 싶습니다."

"그것은……."

주호유는 말끝을 흐리면서도 막수에게서 눈을 떼지 못했다.

무료한 얼굴로 자고 있는 막수의 모습에 정신을 차리지 못하는 것이다.

가만히 그 시선을 따라간 초류향이 고개를 갸우뚱거리며 말했다.

"말씀하시는 데 막수가 신경 쓰이시는 겁니까? 장소를 옮길까요?"

"아, 아니요. 저는 이 장소가 매우 좋습니다, 지금 이대로가 딱!"

초류향이 그의 태도에 어리둥절한 얼굴을 해 보였다.

그때 문이 열리고 선우초린이 들어섰다.

그녀는 부상을 당해 절뚝거리는 걸음걸이였지만 옆에서 부축을 하려는 노진녕의 호의를 한사코 사양하며 혼자서 걸어왔다.

"이화궁주 선우초린. 교주님을 뵙습니다."

초류향은 고개를 끄덕였다.

그리고 선우초린보다 더욱 부상이 심각해 보이는 노진녕을 바라보며 입을 열었다.

"……한데 노진녕 호위 무사님은 어쩌다가 그렇게 다치신 겁니까?"

"영광의 상처입니다, 교주님. 헤헤."

노진녕은 선우초린을 바라보며 연신 헤픈 웃음을 날렸고, 선우초린은 그런 노진녕을 바라보며 혐오스럽다는 표정을 숨기지 않았다.

너무나도 상반된 둘의 눈빛에 쓴웃음을 짓던 초류향은 저 옆에서 서류 더미에 파묻혀 있는 전박을 보며 입을 열었다.

222 수라왕

"주호유 님의 입교를 위한 절차를 밟아 주시겠습니까, 전 호법님?"

"여부가 있겠습니까?"

전박은 자리에서 벌떡 일어나 그답지 않게 만면에 웃음을 그리며 주호유를 맞이해 갔다.

"이리 오시게나."

"예. 전 호법님."

주호유가 어떤 능력을 지녔는지 잘 알고 있는 전박이었다.

그는 든든한 지원군이 될 주호유의 입교를 환영했고, 내심 자신의 뒤를 이을 재목이라고까지 생각하고 있었다.

그때 초류향이 주변을 두리번거리다가 그가 찾고 있던 사람의 모습이 보이지 않자 씁쓸하게 웃었다.

"소군주님을 찾고 계십니까?"

선우초린이 그 초조한 기색을 눈치채고 곧장 물어 오자 초류향은 잠시 멈칫했다가 솔직하게 고개를 끄덕였다.

"예. 그녀는 어디 있습니까? 다친 곳은 없습니까?"

"다친 곳은 없으십니다. 저희와 함께 왔지만 먼저 방에 가서 쉬고 계십니다."

"그렇습니까?"

다행이었다.

적어도 무사히 돌아왔다는 말 아닌가?

그렇게 안도하고 다시 일을 하려는데 도무지 손에 일이 잡히지 않았다.

'왜?'

초류향은 잠시 무언가를 생각하다가 곧 결심한 듯 주변을 둘러보며 입을 열었다.

"잠시 어디 좀 다녀와야겠습니다."

전박을 비롯한 모두의 눈빛에 의미심장함이 떠올랐다.

그들도 알았던 것이다.

지금 초류향이 어디를 가려고 하는지.

"이곳의 일은 걱정 말고 다녀오시지요, 교주님."

"……그럼 전 호법님만 믿고 다녀오겠습니다."

운휘도 이번만큼은 초류향의 뒤를 쫓아가지 않았다.

그는 자리에 멈춰 서서 눈치 없이 초류향의 뒤를 쫓아가려는 노진녕의 뒷덜미를 강하게 잡아챘다.

"응? 왜?"

운휘가 잠시 진지한 얼굴로 노진녕을 바라보았다.

정말 모르겠냐는 눈빛.

하지만 지금 사태가 어떻게 돌아가는지 알 리가 없는 노진녕은 진심으로 궁금하다는 듯이 물었다.

"뭔데 그래? 우리 교주님한테 무슨 일이 있으신가?"

"……우리가 낄 수 없는 일이다."

"그러니까 그게 뭔데? 우리한테까지 숨겨야 하는 일이야?"

운휘한테 되묻던 노진녕은 옆에 있던 선우초린이 한심하다는 눈초리를 보내자 우물쭈물 말을 흐리더니 조용히 구석에 가서 쪼그려 앉았다.

그녀 앞에서는 왠지 스스로가 너무 초라하게 느껴졌다.

그렇게 그들은 초류향을 혼자 보내 주었다.

멀리 사라져 가는 초류향의 뒷모습을 보며 선우초린은 복잡한 얼굴을 해 보였다.

'공손아리……'

초류향은 회의실을 뒤로하고 움직였다.

그 어느 때보다 빠르게.

미친 듯이 달려가는 지금 이 순간.

머릿속을 가득 메우고 있던 여러 가지 안건들은 저 멀리 미뤄 두고, 단 한 사람만을 생각했다.

아니, 그러고 싶지 않아도 저절로 그렇게 되었다.

그녀가 가까이 있다고 생각하니 심장이 터질 것 같았다.

'진정하자.'

그렇게 스스로를 다독이며 빠르게 도착한 귀빈실에는 공손아리가 차를 마시고 있었다.

그녀는 갑자기 나타난 초류향을 놀란 얼굴로 바라보았다.

"교주님……?"

"오랜만입니다."

초류향은 질풍처럼 달려온 기색을 급급하게 숨기며 어색하게 웃어 보였다.

린과 령은 공손아리에게 다과를 가져다 준 뒤 조용히 뒤로 빠졌다.

그녀들도 느낀 것이다.

지금 이 순간은 그들이 비켜 줘야 한다는 것을.

"건강하셨어요?"

공손아리가 묻자 초류향은 고개를 끄덕였다.

그리고 서둘러 입을 열었다.

"건강하셨습니까?"

같은 질문.

공손아리 역시 고개를 끄덕였다.

단순히 서로의 안부를 확인했을 뿐이지만 초류향은 자신도 모르게 긴장되는 것을 느꼈다.

'이번에는 내가 먼저…….'

초류향은 공손아리를 똑바로 바라보았다.

과거에 공손아리가 자신을 위해 용기를 내서 먼저 말을 걸었던 때를 떠올렸다.

'지금은 내가 솔직해야 할 때다.'

그동안 그는 너무도 솔직하지 못했다.

진심을 억지로 숨기고 이 핑계 저 핑계를 대면서 공손아리를 멀리하고 차갑게 대했다.

지금 생각해 보면 참으로 바보 같은 일이었다.

"보고 싶었습니다."

"……."

보고 싶었다.

그랬다.

지금 이 말이, 이 단어가 초류향의 가장 솔직한 마음이었다.

한데 너무도 갑작스러운 고백이었던 걸까?

공손아리는 눈을 동그랗게 뜨고 그를 바라보았다.

초류향답지 않게 직설적인 표현 방법이었기 때문이다.

'존대를 한 게 이상했나?'

본래 초류향은 공손아리에게는 편하게 하대를 했다.

한데 진심을 말하려고 하니 그게 쉽지 않았다.

그래서 존대를 했는데 그게 공손아리에게는 낯설게 들린 걸까?

공손아리의 반응을 엉뚱하게 착각한 초류향은 잠시 갈팡질팡했으나, 이내 가볍게 심호흡을 한 뒤 그녀에게 한 걸음 다가가며 입을 열었다.

"항상 건강한지, 아프지는 않을지 걱정했습니다."

공손아리가 작게 입을 벌렸다가 다시 다물었다.

무슨 말을 해야 할지 정신이 없었던 것이다.

문득 초류향이 공손아리의 바로 앞까지 다가와 그녀의 손을 잡았다.

따스한 온기가 손끝으로 전해져 왔다.

긴장했는지 초류향의 손은 가볍게 떨리고 있었다.

"돌아와 줘서 고맙습니다."

"아빠에 대한 도리로 저의 안위를 걱정하시는 것이라면, 그런 거라면 이렇게 사람 헷갈리게 하시면 안 돼요…… 교주님.”

초류향은 고개를 저었다.

그리고 진지하게 입을 열었다.

“이것은 당신이 스승님의 혈육이라 내뱉는 말이 아닙니다.”

초류향은 공손아리를 똑바로 바라보았다.

공손아리 역시 초류향의 시선을 피하지 않았다.

둘의 시선이 그렇게 한참 동안 허공에서 엉켜들어 갔다.

그러던 어느 순간 초류향이 입가에 천천히 미소를 그렸다.

“더 이상은 돌려 말하지 않겠습니다. 그렇게 망설이다 당신을 놓칠 뻔했으니까요.”

초류향은 공손아리의 손을 마주 잡은 그 상태로 입을 열었다.

“당신이 앞으로도 계속 나와 함께해 주기를 진심으로 바라고 있습니다.”

“…….”

“나와 혼인해 주시겠습니까, 공손아리 님?”

공손아리의 얼굴이 순간 울 것 같은 표정이 되었다.

숨어서 지켜보고 있던 린과 령 역시 입 밖으로 새어 나오려는 환성을 겨우겨우 참고 있었다.

‘우리가 지금 이 엄청난 순간을 이렇게 보고 있어도 되는 거야? 응?’

린과 령이 서로의 얼굴을 바라보며 소리 없는 비명을 질러 대고 있을 때.

공손아리가 초류향의 손을 가볍게 풀어내며 입을 열었다.

"교주님은 내가 좋아요?"

공손아리.

그녀에게 가장 중요한 사실은 이거였다.

그리고 초류향은 그녀의 물음에 일말의 망설임도 없이 고개를 끄덕였다.

그녀가 좋았다.

표현하지 않았을 때도 좋았지만 이렇게 말로 표현하게 되자 그녀가 더욱 좋아졌다.

진즉에 이렇게 하지 못한 것이 후회스러울 정도로…….

"순서가 조금 어긋난 듯하지만…… 나는 당신이 무척 좋습니다. 공손아리 님."

"……."

공손아리는 아무 말도 하지 않고 초류향의 눈을 가만히 바라보았다.

그녀의 바다와 같이 깊은 심연의 눈, 진안은 이 세상의 모든 진실을 바라볼 수 있는 눈이었다.

'진심이야.'

지금 이 순간.

초류향이 그녀에게 보내고 있는 눈빛은 진심이었다.

그랬기에 공손아리는 초류향을 바라보며 울 듯 말 듯 아슬아슬한 표정으로 말했다.

"나도…… 나도 교주님이 좋아요."

공손아리는 결국 그 말을 하고 울음을 터트렸다.

*　　　*　　　*

초류향은 공손아리와 헤어져서 집무실로 돌아왔지만 곧장 안으로 들어가지 못한 채 머뭇거렸다.

어느새 천마신교의 팔대 호법들이 전부 집무실에 모여서 그를 기다리고 있었던 것이다.

그들은 초류향이 들어오자마자 모두가 자리에서 벌떡 일어나 예의를 갖췄다.

"……다들 여기서 뭐 하시는 겁니까?"

초류향이 어정쩡하게 입구에 멈춰 선 채 묻자 우 호법이 음흉하게 웃으며 물었다.

"크흐흐, 모두가 좋은 소식을 기다리고 있었습니다, 교주님."

"……?"

좋은 소식? 그게 뭘까?

잠깐 어리둥절한 표정을 지은 초류향이었지만 곧 짐작 가는 게 있어서 의심스러운 시선으로 호법들을 둘러보았다.

이제 보니 모두가 우 호법과 비슷한 표정을 한 채 자신을 바라보고 있었다.

'어떻게 알았을까?'

초류향은 시선을 돌리다가 문득 전박과 눈을 마주쳤다.

그러자 그가 슬그머니 고개를 옆으로 돌리는 것이 아닌가?

그제야 지금 이 사태의 범인을 알아챈 초류향은 본인도 모르게 입가에 바람 빠진 웃음을 그렸다.

"……전 호법님은 눈치도 참 빠르십니다."

아마 전박은 공손아리를 만나러 가는 것을 눈치챘을 때부터 미리 결과를 예상했던 모양이다.

그랬기에 이곳에 모두를 불러놓고 기다린 것일 터.

"오오! 그럼 정말로 소군주님과 혼인을 하시는 겁니까?"

"예."

초류향이 긍정하자 우 호법이 두 팔을 번쩍 들어 올리며 큰 소리로 말했다.

"푸하하핫! 경축 드립니다, 교주님! 이거야말로 경사 중의 경사가 아닙니까? 우하하하!"

우 호법이 진정으로 기뻐할 때.

그의 곁에 있던 주 호법 역시 만면에 웃음을 그리며 입을 열었다.

"험험, 그럼 서둘러 날짜를 잡아야겠군요. 본 교에 계신 아버님께도 연락을 해 놓겠습니다."

"예."

사실 초류향은 직접 부모님께 이 소식을 전해드리고 싶었다.

하나 지금은 사정이 아무래도 여의치가 않았다.

이곳을 쉽게 비울 수가 없는 것이다.

'아무리 그렇다지만……'

마음이 불편했다.

일생을 좌우할 중요한 결정을 이번에도 또 혼자서 하게 되었음을 알게 되면 많이 서운해하실 것 같았기 때문이다.

그때.

"제가 직접 본 교에 다녀오겠습니다."

그 마음을 알았는지 선뜻 나서는 주 호법이 초류향은 너무 고마웠다.

"부탁드리겠습니다, 주 호법님."

"걱정 마십시오, 교주님. 제가 두 분을 이곳까지 안전하게 모셔 오도록 하겠습니다."

주 호법이 그렇게 말하자 맞은편에 앉아 있던 전박이 불쑥 입을 열었다.

"그럼 전 주 호법이 도착하기 전까지 본 교의 예법에 따라 교주님이 불편 없이 혼례를 치를 수 있도록 사전에 모든 준비를 끝내 놓겠습니다."

초류향은 그런 전박을 물끄러미 바라보다 미소 지었다.

"그렇게 말씀하시지만 사실은 벌써부터 준비하고 계신 것 아닙니까?"

초류향의 농담에 전박이 희미하게 웃으며 입을 열었다.

"안 그래도 오늘 교주님을 통해 본 교에 새로 입교한 뛰어난 인재를 바로 써먹을 일이 생겨서 다행이라 여기고 있습니다."

"······새로 입교한 인재라면 설마?"

오늘 초류향을 통해서 입교한 사람은 딱 한 명이다.

주호유.

초류향이 잠시 멍청한 얼굴을 해 보이자 전박이 의미심장한 얼굴로 웃었다.

"예. 아마 지금쯤 그 녀석은 교주님의 혼인식 준비로 발 빠르게 돌아다니고 있을 겁니다."

"······주호유 님께서 본 교에 입교하시자마자 고생하시는군요."

그에게도 차후에 고맙다는 인사를 해야겠다고 초류향이 마음먹고 있을 때.

그때까지 구석에서 조용하게 지켜보고만 있던 엄승도가 천천히 다가와 초류향에게 조심스럽게 말했다.

"교주님."

"예, 말씀하세요."

"곧······ 흑월회 군사와 약속했던 상관중달을 만날 시간입니다."

초류향은 그제야 퍼뜩 정신을 차리고 엄승도를 바라보았다.

너무 기쁘고 좋아서, 반드시 해야 할 중요한 일정을 잊을 뻔했다.

"그러고 보니 그를 만날 시간이군요."

"예. 아마 흑월회의 군사가 목이 빠져라 기다리고 있을 겁니다."

"······그렇겠군요."

서둘러야 했다.

초류향은 고개를 끄덕인 후 주변을 둘러보며 말했다.

"그럼 저는 잠시 흑월회에 다녀오겠습니다."

"예. 교주님."

팔대 호법들이 저마다 기쁜 얼굴로 해산하는 것을 보며 초류향은 움직였다.

'상관중달⋯⋯.'

상관중달은 정마대전 때 인질로 잡힌 후 흑월회에서 그 신병을 책임지고 있었다.

정마대전이 끝난 지금까지도 그를 죽이지 않은 이유.

그것은 크게 두 가지 때문이었다.

'첫 번째 이유는 정도맹의 남은 잔당들에 관해 알아내기 위해서, 두 번째 이유는⋯⋯.'

가장 중요한 것.

바로 백무량의 행방을 찾는 것이었다.

한데 아직도 거기에 대해 별다른 연락이 없는 것을 보면 흑월회에서도 알아내지 못한 모양이었다.

분명 상관중달에게 상당한 고문을 했을 텐데 아무것도 알아내지 못했다는 것은 제법 놀라운 일.

'그는 분명 무공을 배우지 않았다고 했다.'

그렇다면 단련되지 않은 맨몸뚱이로 흑월회의 엄청난 고문들을 견뎌 냈다는 말이 된다.

'제법 강단 있는 자였던가.'

초류향이 이런저런 생각들을 하며 마차가 있는 곳에 도착하니 그곳에는 이미 노진녕과 운휘가 그를 기다리고 있었다.

"소식 들었습니다, 교주님. 축하드립니다. 헤헤."

노진녕이 헤픈 웃음을 그리며 말하자 초류향은 희미하게 미소 지어 보였다.

"감사합니다. 한데 몸은 괜찮으십니까?"

막수에게 두들겨 맞았다고 들었는데 괜찮아진 건가?

초류향이 의아한 얼굴을 할 때.

노진녕이 자신의 팔뚝을 들어 알통을 보이며 웃었다.

"헤헤. 이 정도면 교주님을 호위하는 데 전혀 지장이 없습니다."

노진녕이 그렇게 스스로의 건재함을 과시할 때.

옆에 있던 운휘가 조용한 태도로 고개를 숙인 후 입을 열었다.

"교주님께서 뜻하신 바가 이루어져서 정말 다행입니다."

운휘의 말이 초류향의 가슴에 굉장히 진한 여운을 남겼다.

그가 진심으로 자신에 대해 생각하고 있었다는 느낌이 들었던 것이다.

"예. 고맙습니다, 운휘 님."

운휘는 조용히 고개를 끄덕이며 마차 입구를 열었다.

초류향이 올라타자 노진녕은 자연스럽게 그 뒤를 따랐고, 운휘 역시 그림자에 몸을 숨긴 채 몸을 움직였다.

그렇게 그들을 태운 사두마차가 빠르게 이동했다.

두두두두—

그들이 타고 있는 마차는 과거 정도맹의 본거지였지만 현재는 천마신교의 중원 거점이 되어 있는 파운성을 순식간에 벗어났다.

그리고 불과 일다경(대략 십오 분 정도) 만에 흑월회의 임시 거점에 도착했다.

파운성과 흑월회의 임시 거처가 그다지 멀지 않았던 덕분이다.

탁—

흑월회가 점거하고 있는 장원에 도착한 초류향은 마차에서 내리다가 입가에 쓴웃음을 그렸다.

자신을 맞으러 나온 냉하영의 초췌한 얼굴을 보니 생각했던 것보다 더 일이 안 풀리는 듯했기 때문이다.

"굉장히 피곤해 보이는군."

"말도 마…… 아오, 그 영감탱이 아주 쇠심줄이야."

냉하영은 어깨를 주물럭거리며 짜증스러운 얼굴을 해 보였다.

흑월회는 본래부터 납치, 고문, 협박에는 일가견이 있는 집단이다.

그들의 뿌리 자체가 본래 그런 쪽이기 때문이다.

한데 그런 그들도 상관중달의 무거운 입은 열 수가 없었다.

이것은 분명 대단히 자존심이 상하는 일일 터.

오죽하면 초류향에게 도움을 요청했겠는가?

평소 냉하영의 높은 자존심을 고려해 볼 때 이번 일은 대단히 예외적인 경우였다.

'육체적인 고문은 견뎠겠지만…….'

과연 정신적인 고문도 견딜 수 있을까?

초류향은 그런 생각을 하며 냉하영의 안내를 받아 어떤 거대한 철문 안으로 들어섰다. 그리고 자신도 모르게 얼굴을 찡그렸다.

"……엄청나군."

처참한 몰골이었다.

손톱과 발톱은 이미 다 뽑혀 나가 없었고, 이빨도 없었다.

게다가 드러나 있는 전신에는 상처가 없는 곳이 없었다.

그렇게 삐쩍 마른 몸에 반쯤 송장이 되어 있는 노인.

그가 바로 상관중달이었다.

'이렇게까지 해서 숨겨야 할 만한 비밀이었던가…….'

그는 얼마 전까지 천하를 휘두르던 최고의 지략가가 아닌가?

그가 이런 몰골이 되면서까지 지키려는 비밀.

검황의 신변에 관한 정보는 그만큼 대단히 중요했다.

"그런데 정말로 알아낼 수 있겠어?"

냉하영이 반쯤 불신하는 얼굴로 묻자 초류향은 고개를 끄덕였다.

"아마도…… 가능할 거다."

"반드시 알아내야 해. 다른 놈들은 버린다 쳐도 백무량에 대해서만
큼은 반드시!"

냉하영은 초류향 모르게 부상당한 백무량을 암습할 생각이었다.

한데 상관중달이 끝까지 고문을 견뎌 내는 바람에 시간이 지체되었
고, 결국 초류향이 움직였다.

'그래도 어떻게든 해야 해.'

가급적이면 정면 대결은 피해야 했다.

냉하영은 백무량이 있는 위치를 알게 되면 무슨 짓을 해서든지 백

무량을 죽여 없애 버릴 생각이었다. 그와 초류향이 정면으로 맞붙게 되었을 때의 위험 부담이 너무나 컸던 것이다.

'한데 그게 가능할까?'

사실 초류향은 냉하영의 그런 꿍꿍이를 짐작하고 있었다.

그럼에도 그녀에게 아무 말도 하지 않은 것은 암습에 대해서 대단히 회의적이었기 때문이다.

'아무리 치명적인 부상을 당했다 하더라도 호랑이는 호랑이다.'

초류향은 백무량과 직접 붙어 보았기 때문에 그 정도의 고수가 고작 암습 따위에 당할 것이라고는 도저히 생각할 수가 없었다.

초류향이 백무량의 행방을 찾고 싶은 이유는 그와 단둘이 만나 직접 붙어서 결말을 내고 싶었기 때문이다.

"일단 상관중달에게 직접 물어보지."

초류향은 상관중달에게 다가갔다.

마른 숨을 겨우겨우 쉬고 있는 그에게 다가가 그와 눈을 마주쳤다.

풀려 있는 동공.

하나 그 밑에는 강철같이 견고하고 단단한 집념이 깔려 있었다.

'굽히지 않겠다는 건가?'

뭐, 그것도 상관없었다. 그가 무슨 생각을 하든, 어떤 심정으로 입을 다물고 있든, 그런 건 중요하지 않았으니까.

'심연술.'

초류향은 심연술을 발동했다.

그의 눈가에 붉은 기운이 맴돌다가 서서히 주변으로 뻗어 나갔다.

그리고 그것은 차츰 상관중달의 전신을 휘감기 시작했다.

얼마 후, 상관중달의 동공에 초류향의 붉은 눈이 스며들어 갔다.

부르르—

상관중달의 전신이 가늘게 떨렸다.

육체적인 고통은 초인적인 의지로 어찌어찌 참아 낼 수 있었을지도 모른다. 하나 이런 식으로 영혼에 직접 간섭하는 심연술에는 어쩔 도리가 없었다.

초류향은 그렇게 차츰, 굳게 닫혀 있던 상관중달의 의지를 허물어 가기 시작했다.

*　　　*　　　*

"……항상 그렇지만 상관중달, 그 친구는 의욕이 과해."

태극검황 백무량.

얼마 만에 정신을 차린 것인지 알 수는 없었지만, 그는 눈을 뜨자마자 자신을 애타게 바라보고 있는 사람들을 보며 힘없이 웃어 보였다.

그리고 그들이 기껏 짜 놓았다는 계획을 듣자 그나마 겨우겨우 회복됐던 기력이 썰물처럼 빠져나가는 것이 느껴졌다.

"정말…… 쓸데없는 계획이다."

"아미타불…… 모두가 검황 어르신의 복귀를 애타게 기다리고 있습니다."

소림사의 제자이자, 공야 대사가 직접 기른 비밀 병기.

무호 대사는 슬픈 눈으로 검황 백무량을 바라보았다.

이제 이 모든 상황을 역전시켜 줄 만한 사람은 침상에 저렇게 무기력하게 누워 있는 외팔이 노인, 검황뿐이었던 것이다.

"……참으로 바보 같은 놈들이다…… 너희들은 정말 지금 이 상황이 나 하나로 어찌 될 거라 여기는 겐가?"

무호 대사는 고개를 끄덕였다.

"군사의 말에 따르면, 교주만 죽으면 모든 것이 예전으로 돌아갈 것이라 했습니다. 천마신교가 십만대산으로 물러간다면 분명 예전으로 돌아갈 수 있습니다."

"그렇게 말한 건 상관중달이겠지?"

"……그렇습니다, 검황 어르신."

"크흐흐, 그놈은…… 참으로 속도 편한 놈이다."

검황은 툴툴 웃으며 주변을 둘러보았다.

"상관중달이 천마신교에 잡혀갔다고 했나?"

"예……."

"하면 죽지도 못했겠구먼."

백무량은 상관중달의 얼굴을 떠올리다 고개를 저었다.

그놈이 어떤 생각으로 이런 무모한 계획을 짰는지 이해했다.

상관중달은 어떻게든 희망을 발견하고 싶었을 거다.

최악의, 절망적인 상황에서도 회생의 길을 마련하는 것이 상관중달의 역할이었고, 그랬기에 이런 터무니없는 계획을 짰을 터.

하나 백무량은 이 계획에 대단히 회의적이었다.

'어차피 이런 계획이었다면 나 혼자로 충분했거늘…….'

그러고 보니 이상했다.

공야 대사도 그러하고 상관중달도 분명 그 사실을 잘 알고 있었을 것이다. 백무량을 제외하고 정도맹의 살아남은 자들은 천마신교와의 싸움에서 전혀 도움이 되지 않을 것이라는 점을.

'그런데도 죽을 자와 살아남을 자를 분간해 놓았다? 어째서?'

거기까지 생각하던 백무량은 눈을 들어 주변을 둘러보았다.

그리고 속으로 크게 감탄했다.

'미래를 생각하는 거였나…….'

살아남은 삼십 명의 고수들은 모두 대단히 젊었다.

전부 다 정파에서도 가장 젊고 유능한 고수들뿐.

공야 대사와 상관중달은 처음부터 어떻게든 이들을 살려서 정파의 명맥을 이어 갈 생각이었던 것이다.

'나쁜 친구들이로군.'

공야 대사와 상관중달이 짜 놓은 미래를 위한 안배.

그것은 이제 백무량에게 강제로 떠넘겨졌다.

백무량은 한숨을 내쉬며 몸을 회복하기 위해 애썼다. 앞으로의 일이야 어찌 되었건 일단 지금은 최상의 몸 상태를 만들어 놓는 게 급선무였다. 최악의 경우 혼자서 천마신교를 상대해야 했으니까.

눈을 감은 뒤 백무량은 전력을 다해 내력을 움직이기 시작했다.

第十章

검황의 계획

상관중달은 회색으로 탁하게 풀린 눈을 한 채 초류향을 바라보고
있었다.

그리고 초류향은 그런 상관중달에게서 고개를 돌리며 복잡한 얼굴
을 해 보였다.

"왜? 실패한 거야?"

냉하영이 묻자 초류향은 고개를 저었다.

그리고 어딘가 씁쓸한 말투로 입을 열었다.

"검황이 지금 어디 있는지 알아냈다."

냉하영은 눈을 반짝였다.

"정말?"

"그래."

그토록 기다리던 검황 백무량의 행방을 드디어 알아낸 것이 냉하영
은 기뻤다.

놈은 반드시 죽어 없어져야만 했으니까.

뼛조각 하나하나까지 씹어 먹어 버리고 싶은 상대가 바로 백무량이
었다.

"그 영감은 지금 어디 있어?"

"……."

초류향은 바로 대답하지 않고 잠시 생각에 잠겼다.

검황 백무량이 있는 곳을 알아내서 그를 제거하는 것.

그것은 냉하영에게도 그렇겠지만 초류향에게도 역시 반드시 필요
한 일이었다.

새로운 시대를 열려는 그들 입장에서 전대의 고수인 그를 그냥 내
버려 둔다는 것은 너무 부담스러웠으니까.

'하지만…….'

하필이면 지금 검황이 있는 곳이 문제였다.

그가 있는 곳은 중원의 변두리.

'하북성.'

하북성에는 팽가가 있다.

오대 세가 중 하나이자 초류향의 가장 친한 친구.

팽가호의 가문이 바로 거기에 있는 것이다.

그리고 검황은 지금 그곳에서 숨을 죽이고 몸을 회복하고 있었다.

'곤란하군.'

단순히 검황이 거기에서 쉬고만 있는 거라면 별문제가 없다.

문제는 바로 상관중달의 마음속 깊은 곳에서 본 무언가였다.

'상관중달은 이미 우리를 의심하고 있었다.'

정도맹 군사 상관중달.

그는 팽가호와 남궁옥빈, 그리고 초류향.

이렇게 세 명의 관계에 대해서 강한 의심을 품고 있었다.

상관중달은 이미 오래전부터 초류향에 관한 정보를 모으고 있었고, 팽가호와 남궁옥빈이 초류향과 같은 학당에서 공부했다는 사실에 주목했다.

'그래서 일부러 검황을 그곳으로 보냈다는 건가…….'

팽가호를 위한다면 냉하영에게 그곳의 정보를 알려 주어선 안 된다.

하나 그렇다고 냉하영에게 거짓을 말할 수도 없었다.

'곤란하군.'

잠시 이것저것 머릿속으로 계산하던 초류향은 냉하영을 지그시 바라보았다.

냉하영 역시 아무 말도 없이 초류향을 바라보다가 설핏 웃으며 말했다.

"뭐야? 내가 그렇게 예뻐? 새삼스럽기는."

"……."

초류향의 굳어 있던 얼굴에 어처구니없다는 기색이 떠올랐다.

그 얼굴을 바라보던 냉하영이 어깨를 으쓱하며 말했다.

"생각 정리가 끝났으면 이제 말해 줘. 그리고 뭐가 걱정되어서 망설였는지도 말해 줬으면 좋겠어. 가급적이면 우리 사이에 비밀이 없길 바라거든."

초류향은 고개를 끄덕였다.

사실 초류향이 고민했던 것은 바로 이 부분이었다.

냉하영에게 팽가호의 존재에 대해 말해도 될까?

그녀가 팽가호에 관해 알게 된다면 과연 어떻게 대응할까?

'어차피 피할 수 없겠군.'

되도록 아무에게도 말하고 싶지 않았다.

하나 지금은 어쩔 수가 없었다.

초류향은 냉하영에게 있는 그대로 모든 것을 털어놓았다.

팽가호와의 관계부터 시작해서 검황 백무량의 행방까지.

초류향이 현재 가장 우려하는 것은 상관중달이 이미 팽가호에 관한 것을 모두 검황 백무량에게 이야기했다는 점이다.

'검황 백무량은 그것에 대해 어떤 생각을 하고 있을까?'

초류향은 그 부분이 가장 신경 쓰였다.

그때 묵묵하게 그의 이야기를 듣고 있던 냉하영이 피식 웃음을 그리며 초류향을 바라보았다.

"뭐야? 고작 고민이 그거야?"

"……."

"팽가호에 관해서 신경이 쓰이고, 가능하면 그 녀석을 살리고 싶다 이거지, 지금?"

냉하영의 말에 초류향은 무겁게 고개를 끄덕였다.

그녀의 입장에서 봤을 때 팽가호는 분명히 적이다.

정도맹이 천하를 재단하던 구시대의 잔재인 것이다.

하나 초류향은 그를 살리고 싶어 했다.

그때 냉하영이 진지한 얼굴을 하고 있는 초류향을 보며 말을 이었다.

"근데 나 지금 솔직히 조금 섭섭해. 천마신교의 교주님께서는 우리 흑월회의 정보력이 설마 저런 덜떨어진 정도맹보다도 못할 거라 생각하는 거야?"

"……?"

초류향이 잠시 의아한 표정을 지었다가 깜짝 놀란 얼굴로 냉하영을 바라보았다.

"……설마 알고 있었나?"

냉하영은 여유만만하게 웃으며 말했다.

"너와 팽가호에 관한 거라면 이미 오래전에 조사가 끝났어. 당연히 나도 이미 알고 있었지."

초류향은 허탈하게 냉하영을 바라보았다.

그러다 씁쓸한 얼굴로 입을 열었다.

"나는 되도록 하북팽가는 건드리지 않았으면 한다."

"남자들의 우정이라는 거야, 그게?"

단순히 팽가호만 예외로 두는 게 아니라 그의 혈족들까지 놔두라는 부탁.

하나 냉하영은 고개를 끄덕였다.

"그쪽에서 우리를 먼저 건드리지만 않는다면, 그 정도는 들어줄 수 있어."

초류향은 고개를 저었다.

"그놈은 반드시 우리를 치려고 할 거다. 아니…… 내가 알고 있는 그놈이라면 오히려 더욱 길길이 날뛰겠지. 어떻게든 나를 죽이기 위해서. 그러니 애초에 다툼을 피해 줬으면 하는 거다."

"……뭐야, 그건? 꼭 그렇게까지 해야 해? 게다가 그 팽가호는 네가 특별하게 배려해 주는 걸 알면서도 덤벼든다는 말이야?"

초류향은 쓰게 웃었다.

"녀석은 내가 하는 특별한 배려 따위 전혀 좋아하지 않아. 오히려 모욕적으로 느낄 거다. 내가 알고 있는 팽가호는 그런 놈이지."

냉하영의 얼굴에 혼란스러움이 떠올랐다.

지금의 천마신교의 힘은 가히 역대 최강이었다.

하루하루 세력들이 안정되어 가고 질서도 점점 잡혀 가고 있는 것이다.

'전부 다 전박이라는 사람이 유능해서겠지만.'

마치 오래전부터 계획을 짜 놓은 것처럼 전박은 모든 일을 착착 진행하고 있었다.

거의 완전체가 되어 가고 있는 천마신교를 상대로 먼저 덤벼든다고? 그것도 화경도 되지 못한 일개 무인이?

상식적으로 이해가 되지 않았다.

"······어렵네. 남자들의 우정이라는 건."

"쉽지는 않지."

냉하영은 고개를 절레절레 저었다.

그래도 초류향은 그녀가 자신의 말을 들어줄 것이라 확신했다.

'네가 나를 어떻게 생각하든 상관없다. 나는 너를 살릴 거다.'

정말 무슨 수를 써서라도, 녀석을 살릴 생각이었다.

초류향은 잠시 팽가호의 모습을 머릿속에 그려 보다가 미소 지으며
말했다.

"아, 그리고 너에게 말해 줄 것이 하나 있다."

"뭔데?"

"나는 곧 혼례를 치를 생각이다."

"응?"

냉하영이 잠시 의아한 얼굴로 초류향을 바라보았다.

갑자기 전혀 뜬금없는 이야기를 꺼냈기 때문이다.

그러다 그 말뜻을 깨닫고 눈을 동그랗게 떴다.

"혼례를 치른다고? 혹시 전 교주의 딸과?"

냉하영의 정보력이 거기까지 닿아 있었던가?

초류향이 감탄하며 입을 열었다.

"그래. 이름은 공손아리라고 하지. 이제 나와 평생을 함께할 내 반
려자다."

"반려자라······."

왠지 모르게 반려자라는 단어가 크게 다가왔다.

냉하영이 새삼스럽다는 얼굴로 초류향을 바라보다 불쑥 입을 열었다.

"부럽네."

"고맙군."

"이건 정말 진심이야. 부러워. 그리고 축하해."

냉하영은 그녀답지 않게 정말 부럽다는 표정으로 초류향을 바라보았다.

초류향은 그런 냉하영을 응시하며 말했다.

"너 역시 조만간 좋은 소식이 있길 바란다."

"……!"

"속마음을 솔직하게 고백하는 것은 생각보다 더한 용기가 필요한 일이더군. 그래도 그만큼의 보상은 있었다."

초류향은 말을 하며 냉하영의 뒤쪽에 서 있는 시엽을 바라본 후 살짝 고개를 숙여 보였다.

시엽.

저 사내는 평소에 속마음을 잘 드러내지 않는 사람이다.

조기천 스승님이나 전박 호법과 비슷한 유형의 사람인 것이다.

하지만 지금 이 순간만큼은 그가 확실하게 동요하고 있었다.

냉하영은 뒤를 돌아보지 않아서 모르겠지만 초류향에게는 뻔히 보였다.

'조만간이군.'

둘이 잘되었으면 좋겠다.

서로에게 마음이 있으면서도 그것을 상대방에게 전하지 못하고 엇갈리는 것은 곁에서 보기에 너무 안타까운 일이니까.

　초류향은 잠시 멍하게 굳어 있는 냉하영을 바라보다 입을 열었다.

　"나는 혼례식이 끝나고 검황을 만나러 갈 거다."

　더 서두르고 싶지만 그럴 순 없었다.

　이번에는 절대 공손아리의 일을 뒤로 미룰 수가 없었으니까.

　냉하영은 초류향의 말을 듣고 고개를 끄덕였다.

　"그래. 알겠어."

　혼례가 정확히 언제 치러질지는 모르겠지만 그때쯤이라면 이미 검황은 충분한 힘을 회복했을 것이다.

　'그럼 곤란하지.'

　냉하영은 그 전에 검황에게 사람을 보낼 작정이었다.

　죽이는 것이 최우선 목표였지만 그럴 수 없다면 적어도 그자에게 치명상을 입혀 놓아야 했다.

　'검황 백무량…… 넌 반드시 죽을 거야.'

　용서할 수 없었다.

　냉하영에게 있어선 할아버지를 죽인 원수였으니까.

　무슨 수를 써서라도 백무량을 죽일 생각에 빠져 있는 냉하영을 뒤에서 시엽이 복잡한 시선으로 바라보고 있었다.

＊　　　＊　　　＊

"네가 팽가호라는 아이냐?"

"예. 검황 어르신."

"호오? 무공을 수련하다가 온 게냐? 제법 제대로 수련을 하고 있는 모양이구나."

팽가호는 자신을 위아래로 살펴보는 백무량을 퉁명한 시선으로 바라보았다.

"따로 저에게 하실 말씀이 있다고 들었습니다만?"

"응? 있지. 한데 네 녀석 무공이 제법 독특하구나."

백무량은 팽가호의 전신을 훑어보며 눈을 빛냈다.

"이상하군. 하북팽가의 오호단문도가 분명히 강력한 무공인 것은 맞지만…… 이 정도 수준에서 저렇게 두 갈래 길을 선명하게 보여 주진 못할 텐데…… 무언가 다른 무공을 익히고 있는 건가? 그게 뭘까나……."

백무량의 작은 중얼거림을 들으며 팽가호는 살짝 뜨끔한 얼굴을 해 보였다.

지금 팽가호는 서문현아와 헤어져서 가문으로 돌아와 무공을 연마하느라 정신이 없었다.

초류향이 그에게 보여 준 무공의 해결 방법을 자기 나름대로 돌파하려고 애를 쓰고 있는 중이었다.

백무량은 그것을 정확하게 집어냈다.

"하실 말씀이라는 게 이겁니까?"

"응? 아아…… 아니지. 다른 거다."

팽가호를 바라보며 피식 웃은 백무량은 그의 앞에 털썩 앉으며 손짓으로 팽가호를 자리에 앉게 했다.

그리고 말했다.

"너도 지금 봐서 알겠지만 나는 현재 내 몸 안의 내력조차도 제대로 꺼내 쓰지 못하고 있는 형편이다."

"……."

확실히 지금의 검황은 그다지 상태가 좋아 보이지 않았다.

새하얗게 질린 안색과 피곤한 두 눈이 그것을 증명했다.

야황 냉무기는 단순히 검황의 오른팔만 가져간 게 아니었던 것이다.

"몸 안의 내력이 제대로 이어지지 않는 상태지. 심검이라는 것이 내부를 차근차근 파괴하고 있는 중이거든."

냉무기가 마지막으로 한 공격.

그것은 검황의 몸 안에 천천히 스며들어서 그대로 내부를 망가뜨려 가고 있었다.

"내가 이런 힘든 상황에서 왜 굳이 너를 불렀는지 아느냐?"

"글쎄요."

팽가호가 애매하게 대답하자 백무량은 희미하게 웃어 보였다.

"주변에는 너와 나, 단둘뿐이다."

"……."

백무량이 은근한 어투로 말하자 팽가호는 어떤 섬뜩한 기분을 느끼고 허리를 꼿꼿하게 세웠다.

팽가호도 바보가 아니었다.

백무량이 지금 무언가 굉장히 비밀스러운 이야기를 하고 싶어 한다는 것쯤은 눈치챌 수 있었다.

'아마 초류향에 관한 이야기겠지.'

대체 어떻게 알았을까?

아니, 어디까지 얼마나 정확하게 알고 있는 걸까?

여러 가지 복잡한 생각들이 머릿속을 스쳐 지나갔지만 팽가호는 입을 다물었다.

여기서 초류향과 연관된다면 아무래도 좋은 꼴을 보기 힘들다.

'둘 모두 좋지 않지.'

남궁옥빈.

그 녀석의 말이 맞았다.

초류향과 인연이 있다는 사실이 외부에 알려져서는 좋을 일이 단 한 가지도 없었다.

'녀석에게 피해를 주긴 싫다.'

초류향이 말했던 것처럼 그와 자신은 적도 아니고 아군도 아닌 친구 사이였으니까.

팽가호가 계속 입을 다물고 있자 백무량이 그와 눈을 똑바로 마주친 뒤 인자하게 웃으며 말했다.

"네가 초류향과 각별한 사이라는 것은 이미 알고 있다. 이쪽도 조사를 꾸준히 했으니까."

"……!"

팽가호의 얼굴이 딱딱하게 굳어 갈 때.

백무량이 나직하게 입을 열었다.

그리고 검황의 이야기를 다 듣고 난 팽가호의 얼굴이 천천히 일그러졌다.

第十一章
행복의 조건

주호유는 바빴다.

초류향의 혼례식을 챙기느라 정말 정신없이 분주하게 움직이고 있었던 것이다.

천마신교에 입교하자마자 그가 맡게 된 막중한 임무.

하나 그는 눈코 뜰 새 없이 바쁜 와중에도 무척이나 행복했다.

지금 주호유는 막수가 누워서 쉬고 있는 바구니를 조심스럽게 든 채 어딘가로 바쁘게 이동하고 있었다.

[……언제까지 나를 끌고 다닐 참이냐, 귀찮은 인간? 또 네가 호언 장담했던 최고의 진법이라는 것은 대체 언제 보여 줄 거고?]

막수가 분노한 듯 앞니를 드러내며 사납게 말하자 주호유는 잠시 움찔했다가 헤벌쭉 웃으며 말했다.

"이왕 기다리신 거 조금만 더 기다려 주십시오, 어르신. 조만간 준비가 될 겁니다."

[네놈이 그 최고의 진법이라는 것을 보여 준다고 나를 꼬드겨서 여기까지 따라와 줬다만…… 이건 그냥 그 애송이 놈의 혼례식 준비에 불과하지 않으냐? 이 몸의 귀한 시간을 낭비하다니…… 뒈지고 싶으냐? 엉?]

탕탕—

막수가 날개를 파르르 떨며 앞발로 바구니 끄트머리를 내려치자 주호유는 움찔했다.

겁에 질려서?

아니다.

오히려 눈을 더 크게 뜨고 그를 지켜보기에 여념이 없었다.

'여, 역시 미칠 듯이 귀엽다.'

주호유는 막수가 좋았다.

이렇게 바락바락 화를 내는 모습도 좋았고, 조용히 자고 있을 때도 좋았다.

그냥 아무것도 주는 것이 없는데도 막수가 좋았던 것이다.

이것은 그의 짧지 않은 인생에서 처음 겪어 보는 종류의 감정이었다.

그래서 잠시 멍하게 막수를 바라보고 있을 때.

막수가 결국 참지 못하고 바구니에서 몸을 일으켰다.

[이놈이 정신을 못 차렸구만?]

역시 한 번쯤 훈계를 해야 했다.

인간이라는 족속은 누가 우위에 있는지 확실하게 몸으로 깨닫게 해 주지 않으면 이렇게 헛된 망상을 하곤 했으니까.

오늘은 크게 한번 혼내 주리라 다짐하며 막수가 몸을 일으킨 순간.

주호유가 재빠르게 소매에서 작은 상자를 하나 꺼내 들었다.

[뭐냐, 그건?]

"어르신의 흥미를 자극할 물건입니다."

주호유는 잠시 입맛을 다시다가 막수를 바라보며 입을 열었다.

"어르신께서는 제가 평소에 펼치는 진법에 대해서 궁금하다고 하셨지요?"

[그렇지. 너는 그것 외에 아무런 가치가 없는 인간이다.]

주호유는 히죽 웃었다.

막수가 저렇게 냉혹한 말을 아무렇지 않게 내뱉는데도 상대방이 밉기는커녕 귀엽다고 생각하는 걸 보면 정말 자신이 미쳐도 단단히 미친 모양이었다.

"그럼 보여 드리겠습니다."

슬슬 이야기보따리를 하나 정도는 풀어 줄 때이긴 했다.

고작 이런 용도로 쓰기에는 너무도 아까운 물건이었지만, 막수를 자신의 곁에 묶어 두기 위해서라면 이 정도는 충분히 투자할 가치가 있었다.

막수가 어느새 호기심 가득한 얼굴로 작은 나무상자를 뚫어져라 바라보고 있을 때.

"그럼 갑니다?"

주호유는 막수가 있던 바구니를 바닥에 조심스럽게 내려놓고 작은 상자를 힘껏 던졌다.

그 순간.

번쩍—

밝은 빛과 함께 막수와 바구니가 눈앞에서 사라져 버렸다.

주호유가 머리를 쥐어짜 내서 만들어 놓은 휴대용 진법 생성기.

그것이 발동된 것이다.

'아깝긴 하지만……'

자그마한 상자에 불과하지만 하나가 얼마나 막대한 가치를 가지는 지 잘 알고 있는 주호유였다.

잠시 마음이 쓰라렸지만 주호유는 서둘러 움직였다.

앞으로 한 걸음 걸어가서 교묘하게 발끝을 비틀자 그의 눈앞에 막수가 나타났다.

[확실히 희한한 놈이군. 이런 식으로 결계를 아무렇지도 않게 펼치는 놈이 초류향, 그 애송이 말고도 또 있을 줄이야……]

막수는 자신을 옭아매고 있는 쇠사슬을 신기하다는 눈으로 바라보았다.

인간 세상이 험악하게 변하긴 했다.

자신을 놀라게 하는 인간이 너무나도 많아진 것이다.

변화를 인정해야 했다.

'이건 분명 초류향 그놈이 순간적으로 펼치는 규진법과는 다르지

만…… 미묘하게 비슷한 구석이 있군.'

근데 어디가 어떻게 다른 걸까?

막수는 고민하다가 눈앞에 있는 주호유를 바라보며 입을 열었다.

[인간치곤 네놈의 능력이 제법이다. 좋다, 참고 기다려 주지.]

"감사합니다, 어르신."

막수는 피식 웃으며 몸에 살짝 힘을 주었다.

그러자 우지직하는 소리와 함께 막수에게 얽혀 있던 쇠사슬이 속절없이 끊겨 나갔다.

동시에 진법이 파괴되고 다시 밖으로 나온 막수는 조용히 바구니에 몸을 웅크리며 말했다.

[최고의 진법이라는 것을 보여 봐라. 기대하겠다, 귀찮은 인간.]

"기대하셔도 좋습니다, 어르신."

바구니를 다시 조심스럽게 들며 주호유는 기쁜 얼굴로 이동했다.

사실 주호유가 천마신교에 입교한 것도 전부 다 막수 때문이었다.

그가 막수에게 느끼는 감정이 무엇인지 아직은 본인도 분명하게 정의할 수 없었지만 적어도 한 가지만은 확실했다.

'나는 지금 행복하다.'

산법을 계산할 때를 제외하고 이렇게 행복함을 맛본 것은 이번이 처음이었다. 주호유는 인생에서 처음 찾은 진정한 행복에 들뜬 걸음으로 이동했다.

다시금 초류향의 결혼식 준비를 위해 서두르기 시작했다.

공손아리는 하루 종일 정신이 없었다.

아침부터 저녁까지 찾아와서 축하를 하는 사람들이 끊이질 않았던 것이다.

대표적인 것이 바로 사대 가문의 사람들이었는데, 그들은 하나같이 빈손으로 찾아오지 않았다.

모두가 두 손에 진귀한 예물들을 가지고 찾아와 공손아리에게 건네주며 그녀의 환심을 사려고 애를 썼다.

"참 신기한 일이지."

"그러게요."

값비싼 예물들에 시선도 주지 않으며 공손아리는 어수룩하게 웃어 보였다.

"얼마 전까지 나를 이용하지 못해서 안달이 났던 사람들인데 이렇게 한순간에 태도가 돌변할 수 있다는 게 너무 신기해."

들어온 예물들을 한곳에 차곡차곡 정리하던 린이 피식 웃으며 이야기했다.

"단순해요, 소군주님. 강호는 힘의 논리가 지배하는 세상이니까요. 강한 자에게 붙어야 살아남을 수 있는 곳이죠."

공손아리는 고개를 끄덕였다.

그녀가 마후가 될 것이라는 소문이 돌자마자 마치 기다렸다는 듯이 쌓여 가는 예물을 보니 기쁘다기보다도 서글픈 감정이 먼저 들었다.

그래서 그녀는 린을 보면서 입을 열었다.

"나, 무공을 다시 한 번 익혀 볼까 해."

"무공을요?"

"응."

공손아리는 일류 고수의 실력이었다.

취미로 익혔다지만 단순히 취미라고 보기엔 지금 이 정도도 살짝 과한 수준이다.

하나 이 이상부터는 분명 취미라고 부를 수 없는 영역이었다.

린도 그 사실을 알았지만 굳이 말하지 않았다.

령이 무언가 말하려는 것을 눈짓으로 말리며 린이 입을 열었다.

"소군주님의 뜻이 그렇다면 저희야 좋죠. 호법님들께 부탁드려 볼 까요?"

"응."

지금처럼 혼란스러운 상황에서는 무언가 집중할 수 있는 게 하나 있는 편이 좋을 것이다.

그것이 무공이라면 더더욱 좋다.

'우 호법님이 좋으려나……?'

령에게 공손아리를 맡긴 린은 우 호법을 찾아가다가 중간에 마음을 바꿔 먹었다.

우악스럽고 거친 우 호법보다는 편안하고 세심한 주 호법이 낫다고 생각한 것이다.

그렇게 주 호법을 찾아가는 길에 린은 바짝 얼어 버리고 말았다.

'이화궁주!'

이화궁주 선우초린.

그녀가 앞에서 수하들도 없이 혼자서 걸어오고 있었던 것이다.

린이 마치 뱀을 만난 개구리처럼 얼어 있을 때.

다가오던 선우초린이 말했다.

"어딜 가는 거냐? 우리 소군주님은 어쩌고 네년 혼자서 쥐새끼처럼 이렇게 싸돌아다니고 있는 거지? 죽고 싶어?"

짙게 풍겨 나오는 살기에 린이 어색하게 웃으며 재빨리 대답했다.

"리, 린이 이화궁주님을 뵙니다. 주 호법님을 만나 뵈러 가고 있습니다."

"주 호법님을? 왜?"

"소군주님이 무공을 배우길 원하셔서 찾아뵙고 부탁드리러 가고 있었습니다."

선우초린.

그녀의 얼굴 위에 잠시 의문이 떠올랐다.

"소군주님이 무공을 배우고 싶다고 하셨나?"

"예."

"……지금 주 호법님은 잠시 외유 중이시다. 만나려면 기다려야 할 거다."

"아! 감사합니다, 이화궁주님."

린이 고마운 마음에 허리를 숙여 보이자 선우초린은 건성으로 고개를 끄덕인 다음 공손아리가 있는 곳으로 향했다.

그리고 입구에 들어서자마자 미소를 지으며 입을 열었다.

"선물이 많네요. 생일이라도 맞으신 것 같아요."

"아, 링링!"

공손아리가 자리에서 일어나 선우초린에게 다가가 그녀에게 안겼다.

선우초린은 그녀의 머릿결을 쓰다듬어 주며 입을 열었다.

"교주님과 혼례를 올린다고 하셨지요? 축하해요, 소군주님."

"고마워, 링링."

하나 축하를 건네는 선우초린의 얼굴은 인생을 다 산 노인처럼 씁쓸해 보였다.

령이 눈치를 살피며 슬그머니 자리를 피해 줄 때.

자신의 품에 안겨서 비비적거리는 공손아리를 느끼고 있던 선우초린이 입을 열었다.

"다시 무공을 배우실 생각이세요?"

"응. 아무래도 그래야겠어."

"좋은 생각이네요. 소군주님은 재능이 있으니 금세 강해지실 거예요."

사실 그녀가 직접 가르치고 싶었지만 그 말은 목구멍에서만 맴돌다가 결국 뱃속으로 내려가 버렸다.

'하나씩 정리해야 해.'

선우초린은 공손아리에 대한 감정들을 차분하게 정리하기 위해 노력했다.

자신이 남자를 싫어하고 여자를 좋아한다는 것.

그것은 분명히 일반적이지 않은 일이었다.

지금까지는 그것을 굳이 고치고 싶다는 마음도 없었다.

'하지만 이제는 해야겠지.'

생각해 보면 여자라고 다 좋지는 않았다.

그냥 공손아리만 좋았다.

그렇게 선우초린이 마음속으로 갈등을 하고 있을 때.

공손아리가 입을 열었다.

"링링, 정말 고마워."

"……?"

"아마 링링이 아니었다면 나 사대 가문 사람들에게 어떻게 되었을지도 몰라. 링링이 곁에 있어 줘서 정말 다행이야."

순간 선우초린의 눈빛이 흐려졌다.

공손아리의 말이 갑자기 가슴에 와서 콱 박혔기 때문이다.

심장이 먹먹해졌다.

그때 공손아리가 다시 작게 입을 열었다.

"나 이제 행복해질게. 교주님과 함께라면 그럴 수 있을 것 같아. 그러니까 이제 링링도 나 아닌 다른 사람과 행복해졌으면 좋겠어."

선우초린은 멍한 표정으로 있다가 천천히 공손아리를 밀어내고 그녀를 응시했다.

공손아리와 선우초린은 그렇게 한동안 서로의 눈을 바라보고 있었다.

선우초린의 표정이 다채롭게 변해 갔다.

처음에는 의문, 그다음에는 놀람, 마지막에는 허탈함이 가득한 얼굴이었다.

"언제…… 아신 거예요?"

"조금 됐어."

"어떻게 아셨어요? 아니, 누가 말해 준 거예요?"

"아니야, 내가 그냥 알게 됐어."

공손아리는 두 손을 가지런히 모으고 꼼지락거리며 입을 열었다.

"링링이 날 보는 시선이 내가 교주님을 바라보는 눈이랑 똑같았어. 그래서…… 어쩐지 알게 됐어."

"……."

선우초린은 아무 말도 하지 못했다.

그저 멍하게 조금 전까지 자신의 품 안에 안겨 있던 사랑스러운 소녀를 응시할 뿐이었다.

"나는…… 그냥 소군주님이 좋아요."

처음에는 자신이 여자를 좋아한다는 사실에 선우초린도 많이 놀랐다.

하나 그래도 상관없었다.

좋아하는 감정은 스스로도 어쩔 수가 없는 것 아닌가?

그 감정에 충실하게 행동했을 뿐이다.

그런데 지금에서야 알게 되었다.

선우초린은 기본적으로 모든 사람들을 싫어했다.

남녀 모두를 싫어한 것이다.

'소군주님만 유일하게 특별한 거였어.'

여자나 남자.

그런 문제가 아니라 그냥 인간으로서, 혹은 한 명의 사람으로서 공손아리가 좋았다.

그리고 그 순간 선우초린은 스스로를 매우 객관적으로 돌아볼 수 있게 되었다.

그건 매우 신선한 경험이었다.

세상이 불규칙적으로 빙글빙글 돌기 시작하면서 온몸에서는 뜨거운 열기가 미칠 듯이 뿜어져 나왔다.

갑작스러운 깨달음에 각성의 순간이 찾아온 것이다.

오랫동안 정체되었던 무공이 비약적으로 상승할 기회를 맞이하게 되었다.

그래서 조금 뜬금없지만 세상에 또 한 명, 화경의 여고수가 등장하게 되었다.

*　　　*　　　*

팽가호는 기분이 좋지 않았다.

백무량이 했던 이야기 때문이었다.

'나를 방패막이로 쓰겠다고?'

기가 막힌 일이었다.

천하의 검황이 자신이 부상에서 완벽히 나을 때까지 방패막이가 되어 달라고 한 것이다.

'빌어먹을…….'

말도 안 되는 소리다.

하지만 거절할 수는 없었다.

현재 팽가호에게는 외부에 드러나면 곤란한 치명적인 비밀이 있었으니까.

'초류향과 친구라는 사실을 숨겨야 하는 거야?'

이것은 지금처럼 혼란스러운 시대에는 분명 가문의 존폐가 관계될 만큼 중요한 비밀이었다.

'대신 그에 따른 보상은 해 준다고?'

팽가호는 자신의 방에 들어와 벌렁 드러누우며 코끝을 찡그렸다.

검황 백무량은 시종일관 불만 가득한 얼굴의 팽가호에게 달콤한 제안을 해 왔다.

'검황의 무공.'

팽가호는 손바닥을 펴서 들여다보며 검황이 제의한 조건이 얼마나 대단한 것인지 생각했다.

하나 피식 웃었다.

'필요 없어, 그딴 거.'

어떤 보상을 해 준다고 하더라도 초류향을 배신할 생각은 전혀 없는 팽가호다.

다만 지금 팽가호가 고민에 빠져 있는 것은 백무량의 제안이 아니라 '협박' 때문이었다.

자신 때문에 가문에 피해가 가는 것은 너무도 두려운 일이었으니까.

그리고 그런 팽가호의 약점을 백무량은 너무도 잘 파악하고 있었다.

'그 빌어먹을 영감이 바라는 것은 단 하나.'

백무량은 현재 최후의 싸움을 준비하고 있었다.

최상의 몸 상태로 초류향과 만나기를 원하고 있는 것이다.

팽가호는 뒷머리를 벅벅 긁었다.

아무래도 덩치 큰 고래 싸움에 새우 등이 터져 나가게 생겼다.

'초류향 이놈아…… 내가 어떻게 했으면 좋겠냐, 대체.'

아무리 고민해 봐도 답이 나오질 않았다.

도리가 없는 것이다.

우정도 중요하지만 역시 그것보다는 가문이 우선이다.

팽가호는 괴로운 얼굴로 침상에서 이리 뒹굴, 저리 뒹굴 하다가 결국 벌떡 일어섰다.

백무량을 만나러 가기 위해서였다.

*　　　*　　　*

초류향은 잠깐 짬을 내어 공손아리를 찾아갔다.

그녀와 조금이라도 더 많은 시간을 함께 보내고 싶은 마음에서였다.

그러다 정말 의도치 않게 선우초린과 공손아리의 이야기를 엿듣게 되었다.

처음에는 너무 당황스러웠지만 애써 침착하게 생각해 보았다.

'그럴 수도 있다.'

공손아리는 분명 좋은 사람이었다.

너무도 아름답고 매력적인 여자이니 같은 여자도 반할 만하다.

그렇게 초류향이 애써 선우초린을 이해해 보려고 노력하고 있을 때.

방 안에서 엄청난 열기가 뿜어져 나오며 강렬한 기의 폭풍이 몰아 치는 게 느껴졌다.

'이건……'

이렇게 불안정한 기의 파동이 느껴지는 경우는 딱 하나밖에 없었다.

초류향은 망설이지 않고 방 안으로 들어갔다.

그리고 보았다.

'역시 각성의 순간이다.'

방 안에 있던 공손아리는 매우 당황한 얼굴을 하고 있었다.

그녀의 눈앞에서 너무도 갑작스럽게 변화가 시작되려 했으니까.

초류향은 일단 굳어 있는 공손아리 곁에 다가가 그녀 앞을 막아선 후 전음으로 말했다.

『놀라지 않아도 됩니다. 지금 이화궁주는 화경의 경지에 들어가기 위해서 스스로를 담금질하고 있는 중이니까요.』

당황하고 있던 공손아리의 얼굴이 차츰 걱정스러운 표정으로 변해 갈 때.

초류향은 자신의 옆에 서 있던 운휘를 보며 전음으로 말했다.

『밖으로 나가서 이곳에 아무도 들어오지 못하게 차단해 주시겠습니까, 운휘 님?』

『알겠습니다, 주군.』

운휘가 사라지고 나서 초류향은 일단 뒤에 있던 공손아리를 가볍게 안아 들고 의자에 조용히 앉혔다.

공손아리가 의아한 얼굴을 해 보이자 초류향이 전음으로 입을 열었다.

『환골탈태는 단시간에 끝날 일이 아닙니다. 적어도 하루나 이틀, 길게는 사나흘도 걸릴 수 있는 일이니 처음부터 힘을 빼지 않는 게 좋을 겁니다.』

초류향의 자세한 설명에 공손아리는 그제야 이해한 듯 고개를 끄덕였다.

그리고 초류향의 손을 잡으며 한결 안심한 얼굴로 미소 지었다.

'든든해.'

이 시점에 초류향이 왜 갑자기 불쑥 등장했는지 공손아리는 궁금하지 않았다.

그냥 자신이 곤란하고 난처할 때 나타나 주어서 고마울 뿐이었다.

반면에 초류향은 선우초린을 보며 살짝 긴장한 얼굴을 해 보였다.

'언제 위기가 올지 모른다.'

화경이 되는 변화의 순간은 매우 길다.

그랬기에 언제 위험이 닥칠지 모른다.

만약 기의 운행이 잘못된다면 주화입마에 빠져서 폐인이 될 수도 있으니까.

'그래도……..'

그나마 다행인 것은 선우초린이 이미 오래전부터 화경의 단계로 올라갈 준비가 되어 있었다는 점이다.

그녀는 육체적으로나 정신적으로나 굉장히 안정적인 상태에서 각성의 순간을 맞이하고 있었다.

'그래도 지켜봐 줘야 한다.'

만약에 위기가 찾아온다면 그것을 외부에서 바로잡아 줄 사람이 필요했다.

그랬기에 초류향 역시 공손아리의 옆에 앉아서 고요한 얼굴로 선우초린의 내부에서 일어나는 변화를 지켜보고 있었다.

초류향으로서도 처음이었다.

타인이 화경의 경지에 들어서는 것을 지켜보는 것은.

'단 한 순간도 시선을 돌릴 수가 없군.'

언제, 어떤 미묘한 변화가 문제로 진행될지 알 수가 없었다.

날카롭게 감각을 세운 채로 계속 살펴봐야만 했다.

'스승님도 이러셨을까?'

문득 떠오르는 기억.

초류향.

그가 깨달음을 얻어서 성장하려 할 때.

그때는 공손천기가 곁에서 지켜봐 주었다.

그가 세심하게 보살폈기에 이렇게 안정적으로 초류향이 고수가 될 수 있었던 거였다.

이런 의외의 상황에서 갑자기 떠오른 공손천기에 대한 기억에 초류향은 희미하게 웃었다.

'이제는 내 차례인가.'

선우초린의 아름다운 용모도, 그녀의 독특한 취향도 지금 초류향의 머릿속에는 남지 않았다.

그저 지금 초류향은 선우초린의 안위만을 걱정하며 집중하기 시작했다.

그렇게 하루가 지나고 이틀이 되었다.

공손아리는 옆에 있는 침상에 살짝 누워 있었고, 초류향은 눈을 감은 채 선우초린의 전신을 계속해서 살펴보고 있었다.

그러던 어느 순간.

'음?'

초류향은 어깨를 움찔거리며 눈을 떴다.

그리고 가만히 선우초린을 바라보다가 자리에서 일어나 그녀에게 가까이 다가갔다.

뚜벅— 뚜벅—

지척까지 접근했을 무렵.

감겨 있던 선우초린의 눈이 열렸다.

그녀의 눈에 밝은 광채와 함께 현묘함이 떠올랐다가 깊게 가라앉았다.

초류향은 그런 선우초린을 보며 미소 지었다.

"대공을 축하드립니다. 이화궁주."

선우초린은 눈앞에 나타난 초류향을 바라보다가 눈을 깜빡이며 고개를 갸우뚱거렸다.

"……교주님?"

어째서 초류향이 여기 있는 걸까?

선우초린이 혼란한 얼굴을 해 보일 때.

초류향이 빙그레 웃어 보였다.

공손천기가 과거 초류향에게 제일 먼저 건넸던 말이 생각난 것이다.

"배가 고프지 않습니까, 이화궁주?"

선우초린은 멍청한 얼굴로 있다가 그제야 고개를 끄덕였다.

허기졌다.

그것도 아주 맹렬하게.

꼬르륵—

초류향은 굶주린 배를 움켜쥐는 선우초린 앞에 육포를 내놓았다.

"일단 이걸 드시지요. 밖에 연락해서 미리 준비해 두었으니 조만간 음식을 가져올 겁니다."

선우초린은 평소라면 입에도 대지 않았을 육포를 허겁지겁 입으로 가져갔다.

상당량을 먹었음에도 불구하고 간에 기별도 가지 않는 느낌에 선우초린이 당황할 때.

문이 열리고 이화궁의 사람들이 음식을 가득 차린 큰 상을 들고 왔다.

"드시지요."

초류향이 권하자 선우초린은 망설이지도 않고 음식을 입 안에 구겨 넣기 시작했다.

한참 허겁지겁 먹고 있을 때 공손아리가 일어나 선우초린 맞은편에 쪼그리고 앉았다.

"몸은 좀 어때, 링링?"

선우초린은 음식을 입 안에 넣다가 말고 공손아리를 물끄러미 바라보았다.

깨달음을 얻었으니 그녀를 향한 마음은 정리가 좀 되었을까?

'아니야.'

아직도 예전처럼 그녀가 좋았다.

하지만 지금은 그러면서도 미묘하게 편안해진 기분이었다.

선우초린은 손을 뻗어 공손아리의 머릿결을 만지다가 입을 열었다.

"소군주님이야말로 괜찮으신 거예요? 피곤해 보이시는데."

"나는 괜찮아. 교주님이 고생했는걸."

한숨도 자지 않고 선우초린의 상태를 지켜보았던 초류향이었다.

선우초린 역시 그제야 자신의 곁에서 호법을 서 준 것이 초류향임을 알아챘기에 밥을 먹다 말고 읍을 해 보이며 말했다.

"이화궁주가 교주님의 은혜에 감사드립니다."

"사실 별로 한 것도 없습니다. 식사 마저 하세요, 이화궁주."

선우초린은 고개를 끄덕이며 다시금 음식에 집중했다.

배가 빵빵해질 정도로 먹은 다음에야 선우초린은 초류향과 제대로 이야기할 수 있게 되었다.

"화경의 경지는 어떻습니까?"

선우초린은 초류향의 질문에 자신의 두 손을 내려다보며 입을 열었다.

"생각보다 별거 아니네요. 저는 뭔가 더 대단한 것이 있을 거라 생각했습니다."

초류향은 고개를 끄덕였다.

하나 지금 그녀가 하는 말도 화경의 경지에 도달했기에 할 수 있는 말이었다.

선우초린은 어깨를 가볍게 움직여 보다가 문득 무언가가 생각난 것인지 불쑥 입을 열었다.

"외람되지만 교주님께 부탁이 하나 있습니다."

부탁?

초류향이 의아한 얼굴을 했다가 궁금한 표정으로 물었다.

"말해 보세요, 이화궁주."

"노진녕. 그놈과 한판 붙게 해 주세요."

"……."

초류향은 잠시 침묵을 지켰다.

진지하게 선우초린을 바라본 것이다.

한데 선우초린 역시 몹시 진지했고, 그녀의 눈은 강렬한 복수심으로 불타고 있었다.

'큰일이군.'

선우초린은 진심으로 노진녕을 두들겨 줄 마음인 모양이다.

그동안 쭈욱 지켜본 바 선우초린은 충분히 그럴 이유가 있었다.

노진녕이 엄청나게 지분거렸으니까.

'하지만…….'

이걸 쉽게 허락해 주기는 아무래도 곤란했다.

선우초린이야 노진녕을 진심으로 두들겨 팰 작정이겠지만 반대로 노진녕은 그럴 수 없었다.

노진녕이 일방적으로 두들겨 맞게 생긴 것이다.

잠시 고민하고 있을 때.

문밖에서 누군가가 부리나케 뛰어오고 있었다.

초류향의 표정이 요상하게 변했다.

'양반은 못 되는군.'

쾅—

선우초린은 거칠게 열린 문가를 힐끔 바라보고 다시 초류향을 응시했다.

"허락해 주시겠습니까?"

초류향은 헉헉거리며 들어온 노진녕을 보고 쓰게 웃어 버렸다.

'왜 하필 지금…….'

다른 변명거리로 시간이라도 벌 생각이었는데…….

이젠 그럴 여유마저도 없어져 버렸다.

초류향의 고민도 모른 채 노진녕은 격정에 가득 찬 얼굴로 선우초린을 바라보며 말했다.

"드디어 해냈군요, 내 사랑!"

노진녕의 함박웃음과 그가 내뱉는 단어에 선우초린은 냉기가 풀풀 날리는 얼굴로 초류향을 재촉했다.

"교주님?"

말 속에서 강한 의지가 전해져 오자 결국 초류향도 한숨을 내쉬며 고개를 끄덕였다.

"……허락합니다."

선우초린은 자리에서 일어섰다.

그리고 마냥 행복한 얼굴을 하고 있는 노진녕을 바라보며 허리춤에 손을 가져갔다.

쫘악―

채찍을 꺼내 양 끝을 팽팽하게 잡아당기며 선우초린이 아름답게 미소 지었다.

"그동안 네놈의 징글징글한 면상을 밟아 버리고 싶었는데…… 참으로 오랫동안 참았다. 내 인내심에 박수를 쳐 주고 싶을 정도야."

느릿하게 단어 하나하나를 씹어뱉듯이 말하는 선우초린의 전신에서 보랏빛 광기가 이글거리며 피어올랐다.

노진녕이 그런 선우초린의 태도를 보며 영문을 모르겠다는 어벙한 얼굴을 해 보일 때.

선우초린이 나직하게 말했다.

"뒈지기 싫으면 전력을 다해야 할 거야."

"응? 왜 그래, 갑자기? 우리 사이에…….."

"……우리 사이?"

촤아아악—!

갑자기 노진녕의 발끝 바로 앞에 깊이를 짐작하기 어려운 기다란 선이 생겨났다.

"일단 맞으면서 네 지나간 잘못을 반성해 봐라, 못난이."

초류향은 차마 다음에 벌어질 일들을 못 보겠다는 듯이 한 손으로 얼굴을 가렸고, 공손아리는 흥미진진한 눈으로 노진녕을 바라보고 있었다.

그렇게 선우초린이 화경의 고수가 된 그날.

노진녕의 고통에 찬 비명 소리가 천마신교 가득히 울려 퍼졌다.

〈다음 권에 계속〉